Franz Koppel-Ellfeld

Marguerite

Schauspiel in fünf Aufzügen

Franz Koppel-Ellfeld

Marguerite
Schauspiel in fünf Aufzügen

ISBN/EAN: 9783743353268

Hergestellt in Europa, USA, Kanada, Australien, Japan

Cover: Foto ©Andreas Hilbeck / pixelio.de

Manufactured and distributed by brebook publishing software (www.brebook.com)

Franz Koppel-Ellfeld

Marguerite

Franz Koppel-Ellfeld.

Dresden und Leipzig.
E. Pierson's Verlag.
1887.

Dem treu erprobten Freunde

Dr. Philipp Fiedler

in alter Freundschaft

Der Verfasser.

Personen.

Besetzung am Dresdener Hoftheater.

Frau Ahrens, genannt die "Frau Bas"	Frau Bayer.
Gretchen, ihre Enkelin	Frl. Diacono.
Frau Regine Raudorf, Fabrikbesitzerin im badischen Oberland	Frl. Guinand.
Erich, ihr Sohn	Herr Matkowsky.
Hans vom Rohrhof, Lieutenant bei den Dragonern in Colmar im Elsaß	Herr Richelsen.
Delfort, Fabrikbesitzer im Elsaß	Herr Porth.
Leon, sein Sohn	Herr Bauer.
Marguerite, seine Tochter	Frl. Breier.
Herr von St. Clair	Herr Grube.
Jost, Secretär bei Delfort	Herr Erdmann.
Ein Buchhalter bei Frau Raudorf	Herr Helbig.
Mand'l, Werkführer bei Delfort	Herr Swoboda.
Brigitte, alte Dienerin der Frau Bas	Frau Wolf.
Jean, } im Dienst bei Delfort	Herr Hagen.
Finette, }	Frl. Michaelis.

Zeit: 1872. Ort: 1., 3. und 5. Aufzug auf dem Landhaus der "Frau Bas" bei Colmar; 2. Aufzug bei Frau Raudorf; 4. Aufzug bei Delfort.

Erster Akt.

(Behaglich eingerichtete Veranda und Gartenterrasse auf dem Landgut der „Frau Bas". Rechts Thüren, welche in die Wohnung führen, links freie Verbindung mit dem Garten und der Landstraße. Im Hintergrund sieht man über eine Balustrade hinweg in das ferne Rheinthal und auf die dunkleren Schwarzwald= berge. Sommernachmittagsbeleuchtung.)

1. Scene.

Die Frau Bas (sitzt auf einem bequemen Lehnstuhl in Halbfront, so daß sie die Aussicht in die Gegend hat), **Gretchen** (sitzt ihr zu Füßen und liest aus Uhland's Gedichten vor).

Gretchen (liest).

„Am Münsterthurm, dem grauen,
Da sieht man groß und klein,
Viel Namen eingehauen,
Geduldig trägt's der Stein.
Einst klomm die luft'gen Schnecken
Ein Musensohn heran.
Sah aus nach allen Ecken,
Hub dann zu meißeln an.
Von seinem Schlage knittern
Die hellen Funken auf:
Den Thurm durchfährt ein Zittern
Vom Grundstein bis zum Knauf.
Da zuckt in seiner Grube
Erwin's, des Meisters, Staub;
Da hallt die Glockenstube,
Da rauscht manch' steinern Laub,

Marguerite.

> Im großen Bau ein Gähren,
> Als wollt' er wunderbar
> Aus seinem Stamm gebären,
> Was unvollendet war . . . . . ."

Fr. Bas (unterbricht).

Ja, ja . . . Glaub's gern. Der „Musensohn" ist aber auch der Goethe gewesen. Der hat unser schönes Elsaß so feurig in sein junges Herz geschlossen. Und seine erste Lieb, das war ein einfaches Elsässer Kind. Das hat 'was zu bedeuten gehabt . . .; 's ist endlich auch in Erfüllung 'gangen. Sie sollten nur Alle dran glauben und einander nicht so spinnenfeind sein. Sollten sich jetzt wie rechte Brüder lieben. . . . Sie sollten . . . freilich . . . aber . . aber . . (sie nickt ein.)

Gretchen (klappt das Buch zu).

Sie schläft. (Beugt sich über sie.) Der gütige Schlaf hat ihr das böse Aber von den Lippen geküßt. Sei getrost, liebes Großmütterchen; Du sollst nicht nur Zwietracht um Dich herum erleben; es giebt in Deiner nächsten Nähe auch solche Menschenkinder, die sich sehr gut sind. . . ja, wenn Du wüßtest! . . . Aber Du sollst es nächstens erfahren, die ganze Welt soll es erfahren: ich, das Elsässer Mädchen, werde von einem deutschen Offizier geliebt und hab ihn wieder lieb, ach so lieb! Bis jetzt hab ich's Hans verboten, um mich zu werben, der Leute und meines französischen Vormundes wegen. . . Aber ich will nicht länger so feig sein, . . ich will . . Was ist das? Es trabt auf der Chaussee . . . (horcht) scharfer Trab . . . Wenn's Hans wäre . . . ? Doch der hat ja heute Dienst . . (Sie ist an die Balustrade getreten und sieht hinaus in die Gegend.) Ach nein! Es ist die stolze Marguerite. Wie sie sitzt! Wie sie dahin jagt, staubwirbelnd vorbeisaust! Sie winkt! Grüß Dich Gott! (Sie winkt mit dem Taschentuch.) Schöne Amazone! Wenn Du so durch's bois de Boulogne sprengst, kann ich mir wohl denken, daß die Pariser ausrufen: Seht da, das ist die schöne Elsässerin! — Ja, ja — Du bist schon an Pariser

Erster Akt.

Triumphe gewöhnt. Du wirst keinen Deutschen lieben. Da kommt noch Jemand geritten —: ihr Bruder Leon. (Sie wendet sich rasch ab.) Den mag ich nicht grüßen. Ich bin keinem Menschen feind, aber dem könnt ich's, glaub ich's, werden.

2. Scene.

Vorige. Brigitte (ist aus der Wohnung gekommen).

Brigitte.
Fräulein . . .!

Gretchen.
Pst! Sie schläft. Was giebt's?

Brigitte.
Ich wollt nur fragen, ob Frau Raudorf heute gewiß noch herüber kommt?

Gretchen.
Ich denk' wohl so gewiß, als sie Wort zu halten pflegt.

Brigitte.
Ja, Wort halten thut die Frau Regine alleweil. Ich brauch' also keinen Expreßboten über'n Rhein zu schicken.

Gretchen.
Hast Du denn 'was so Eiliges für sie?

Brigitte.
Einen dicken Brief mit der Aufschrift: „Wichtig, pressant. Zu eignen Händen." Er ist von meinem Unglücksneffen.

Gretchen.
Was hat denn der Andres wieder für ein Unglück angerichtet?

Brigitte.
Nach Amerika ist er.

Gretchen.

Durchgegangen?

Brigitte.

Er schwimmt bereits. Wer weiß, was er angestellt hat. Den hat der Musjeh Leon auf dem Gewissen. So lang er bei der Frau Regine drüben in Stellung war, ist der Andres ein kreuzbraver Bursch gewesen, aber da ist der junge Herr Delfort 'kommen, hat ihn vom Militär losgekauft und als Privatsecretär oder was mit nach Paris genommen. Da ist er halt verdorben in der Schul'. Von Hâvre hat er geschrieben, er hab's satt, woll' ein andrer Mensch werden, die Schiffsglocke läute schon dazu. Mit dem Brief an die Frau Regine denke er alte Sünden gut zu machen; ich soll ja dafür sorgen, daß sie ihn richtig bekommt. Na, das wird sie heut' noch. Für den Andres ist mir nicht bang: das Unkraut vergeht nicht. Aber seinem Verführer, dem wird's Gott hoffentlich einmal heimgeben, dem protzigen Musjöh, dem abgefeimten Roué... dem!

Gretchen.

Aber Brigitte!

Brigitte.

's ist ein Roué auf gut deutsch gesagt. Die ganze Delfort=Sippschaft taugt nix. Der Vater ist gar kein Elsässer von Geburt; aus dem Badischen ist er eingewandert und hat hier sein Glück gemacht. Deshalb braucht er doch hinterher nicht zu thun, als ob deutsch sein eine Schande wär... mit sammt seinen Kindern, die er zu rechten Pariser Puppen gemacht hat!

Gretchen.

Sie werden's auch noch anders lernen.

Brigitte.

Die Delfort'schen?! Da muß es Pech und Schwefel regnen. Denen geht's zu gut. Sie treiben's ja immer toller. Schauen Sie nur einmal in's Land hinaus, Fräulein Gretchen. Ueberall links und rechts am Rhein heute die schönste Ruh' und Feierlichkeit. Nur in den Delfort'schen Werken, da hämmert's, da rauchen die Schornsteine noch einmal so schwarz wie sonst: so feiern die den Sedantag.

Gretchen.

Die Frau Regine wird sich wieder halbtodt ärgern über ihren linksrheinischen Associé.

Brigitte.

Und's doch nicht ändern. Sie wissen das Alles noch nicht so, Fräulein. Sie sind erst zu kurze Zeit hier bei der Großmutter. Die Raudorf's und die Delfort's sind vereinte Geldsäcke, getrennte Herzen. Es muß einen Haken haben, daß die Frau Regine nicht loskommen kann. Denn die steht am liebsten auf eignen Füßen. Wie der alte Herr Raudorf starb, — sie war eine blutjunge Wittwe und der Herr Erich lag noch in der Wiege —, da hieß es: wer kann jetzt das große Fabrikanwesen so weiter führen? Nun, die Frau Regine hat's ihnen gezeigt: Sie hat's selber geführt. Und wie! Im ganzen Gau drüben heißt sie nur die Frau Prinzipalin. Und der Herr Erich, der erst von der großen Reise um die Welt zurückgekommen ist, kann sich gratuliren: er ist heut' der stattlichste und reichste junge Mann im Oberland. Seine Mutter denkt natürlich nicht an's Ausspannen und Abgeben, aber ich schätz wohl, in ihrem Erich hat sie sich den Mann groß gezogen, der einmal dem jungen Delfort so gewachsen ist, wie sie dem alten.

Gretchen.

Ja und der Haß wird weiter vererbt von Geschlecht auf Geschlecht — zum großen Leidwesen für meine liebe gute Großmutter.

Brigitte.

Die nun einmal die liebe Frau Bas von Beiden ist und

ein versönliches Gemüth hat. Damit wird sie kein Glück haben. Ich weiß die Zeit noch, wo der junge Erich und Mademoisellchen Marguerite hier mit einander gespielt haben. Auf einmal wurde es ihnen untersagt. Erich kam fort auf's Gymnasium, Fräulein Marguerite in die Pension, dann nach Paris und wurde eine flotte Pariserin.

Gretchen.

Da fällt mir ein, Marguerite kann jeden Augenblick eintreten. Sie spricht immer, wenn sie spaziren reitet, bei uns vor . . Wahrscheinlich ihr Bruder auch . . Großer Gott. wenn gerade Frau Regine dazukäme!

Brigitte.

Das wäre eine nette Carambolage! Haben Sie keine Angst, Fräulein, ich werde Frau Regine abfangen und mit dem Schreibebrief vom Andres ein bischen hinhalten. Da ist es doch zu etwas gut, daß der Bursche nach Amerika segelt. Sie haben alle Zeit, die Delsort'schen hinauszucomplimentiren, ist's recht so?

Gretchen.

Klug bist Du, Brigitte.

Brigitte.

So? Wenn nun aber statt der Frau Raudorf per Zufall ein schmucker Dragonerlieutenant in Sicht käme — den sollte ich wohl gleich hereinlassen . . ?

Gretchen.

Du bist nicht klug, Brigitte . .

Brigitte.

Sehen Sie, ich wollt's nur noch einmal hören.

Gretchen.

Pst! Die Großmutter erwacht . .

Erster Akt.

Brigitte.
Ich gehe auf meinen Posten. (Ab nach dem Garten.)

3. Scene.
Vorige (ohne) **Brigitte.** (Gleich nachher) **Marguerite.**

Fr. Bas (im Traum).
Marguerite: Rettet, rettet sie!

Gretchen.
Großmutter! was ist Dir!?

Fr. Bas (erwacht).
Bist Du da? Das war ein arger Traum. Ich sah Marguerite; sie stürzte....

Gretchen.
Um Gotteswillen, es wird doch nichts geschehen sein! Sie ist hier vorbeigeritten...

Fr. Bas.
Sie stürzte sich aus dem Fenster und das lichterloh brennende Haus krachte über ihr zusammen.

Gretchen.
Du riefst ganz deutlich: rettet sie!

Fr. Bas.
That ich das? Wie kann man nur in der schönsten Sonntagsnachmittagsstille so grausiges Zeug träumen!? Richtig, — die rauchenden Feuerschlote da drunten: der Rauch legt sich wie ein Alp auf die Brust. Was lassen auch die Delforts heute arbeiten! Das kommt von dem ewigen Unfrieden.

Gretchen.
Sei still, da kommt... Marguerite eben selbst. — Gott sei Dank ganz heil.

Marguerite (im Reitkleid).

Bon jour...

Gretchen.

Du siehst, Großmütterchen, es ist ihr nichts passirt?

Marguerite.

Passirt? Ach so, ich hätte wohl zur Feier des Sedantages den Hals brechen sollen? Merci bien!

Fr. Bas (ernst).

Marguerite, ist das Dein Gruß?

Gretchen.

Pfui! Sie hat sich so um Dich geängstigt..

Marguerite.

Verzeih mir, liebe Frau Bas; es war nicht so gemeint.

Fr. Bas.

Gretchen, hol mir mein Umschlagetuch.

Gretchen (für sich).

Bei der Wärme..? (Ab ins Haus.)

4. Scene.

Vorige (ohne) **Gretchen.**

Marguerite.

Es ist rücksichtsvoll, daß Du sie wegschickst. Denn Du willst mir etwas Unangenehmes sagen. Ich sehe Dir das an, Frau Bas.

Fr. Bas.

Hm! Willst Du mich anhören?

Marguerite.

Mit Vergnügen. Es hat ja den Reiz der Neuheit für mich, der ganz Paris beständig Angenehmes sagt.

Erster Akt.

Fr. Bas.

So? Ei von Paris habe ich gerade mit Dir reden wollen. Ihr sollt Euch ja vornehmen Besuch von dort mitgebracht haben. Einen Baron oder Marquis, am Ende ist's gar ein kleiner Herzog. Sag einmal: Den sollst Du wohl heirathen?

Marguerite (bei Seite, für sich).

Oho! Mein Bruder hat Recht: Erich wirbt um ihr Gretchen. Die Frau Bas will mir auf ihre Art einen Wink geben.

Fr. Bas.

Nun, Marguerite? Du schweigst ja? Hast Du denn den kleinen Marquis oder Herzog lieb?

Marguerite.

Es genügt ja wohl auch, daß es mir lieb ist, kleine Marquise oder Herzogin zu werden.

Fr. Bas.

Bei Euch freilich. Dein Vater und Dein Bruder haben immer hoch hinaus gewollt. Warum solltest Du nicht auch . . . ?

Marguerite.

„Hoch hinaus" . . . ! Du lieber Gott! Herr von Saint-Clair könnte ganz gut Marquis oder Herzog sein. Das wäre noch lange nicht das Höchste, was geheirathet werden kann. Wenn man in Paris erst einmal in die Mode gekommen ist, wie ich . . .

Fr. Bas.

Du? Ei, sieh einmal! Wie hast Du denn das gemacht?

Marguerite.

Ja, das ist eine Geschichte, die ich Dir lieber nicht erzähle. Uebrigens geschmeichelt hat mir's doch. Du kannst Dir gar nicht ausdenken, was sie sich in Paris für Vorstellungen von deutschen Frauen machen. Eine Deutsche kann im ersten Pariser Bekleidungsatelier von anerkannten Geschmacks-Autoritäten angekleidet werden, man sieht ihr auf den ersten Blick die Deutsche an. Ihre Eleganz, sagt man, ist nicht der perlende Champager, sondern schweres Bier. Es fehlt ihr das gewisse Etwas, das Nichts, welches der Schönheit Leben giebt und eine Toilette in ein Gedicht verwandelt. Solcher Unsinn verdroß mich natürlich..

Fr. Bas.

Dich, die vollendete Pariserin?

Marguerite.

Von deutschen Eltern — nicht zu vergessen. Ich bin zur Französin geworden und weiß ja selbst nicht wie. Auf meine Mutter kann ich mich kaum noch besinnen: Die Pension war meine Familie. Dort nannten mich die Französinnen tête carrée und die Deutschen titulirten mich — Halbwälsche. Eines Tages kam mein Vater und sagte: „Du gehörst nach Paris. Von jetzt ab wirst Du die Honneurs im Hotel Delfort machen." Was ich da für Angst ausgestanden habe! Aber mein Debut fiel sehr günstig aus. Anstatt ausgelacht zu werden, wurde ich sehr bald ausgezeichnet. Dann brach der Krieg aus, wir blieben in Paris. Ich bekam Trauerkleider für Straßburg, man sagte mir, ich sei eine Patriotin. Während der Belagerung und nachher — war ich die gefeierte Elsässerin. Ja zuletzt.. (sie stockt).

Fr. Bas.

Nun? was zuletzt?

Marguerite.

Das ist eben die Geschichte, die ich Dir nicht erzählen wollte.

Fr. Bas.

Nun mußt Du's schon thun, sonst denk ich mir wer weiß was Schlimmes.

Erster Akt.

Marguerite.

Also höre. Es wurde ein großartiges patriotisches Fest veranstaltet. Da kamen die vornehmsten Damen vom Comité und baten mich, in einem Festspiel das „Kind des Elsaß" vorzustellen. Papa und Leon sagten so hastig zu, daß ich so gut wie gar nicht gefragt wurde und die ganze Sache für mich nur noch eine Toilettenfrage war. Uebrigens mußte ich auch Verse deklamiren, Revanche=Poesie. Ich wollte erst nicht recht, es waren wirklich starke Ausdrücke, aber da erzählten sie mir, wie die deutschen Barbaren in unserm schönen Elsaß gehaust hätten. Alles sei nur noch ein rauchender Trümmerhaufen. die Leute säßen elend und ausgeplündert auf frischen Gräbern und weinten über ihre schmachvolle Gefangenschaft. Ich gerieth in eine wilde Stimmung und deklamirte zornig drauf los. Jedenfalls sah ich reizend aus, sprach packend und hatte einen colossalen Erfolg. Alles lag mir zu Füßen, der Triumph berauschte mich, ich wär im siebenten Himmel gewesen, aber . . .

Fr. Bas.

Aber? Was war für ein Aber dabei?

Marguerite.

Ich hatte mitten durch den Jubel ganz deutlich einen Schrei vernommen. Es drang wie eine Klage, wie ein Fluch an mein Ohr . . .

Fr. Bas.

Was Du sagst!

Marguerite.

Ich kann ihn nicht vergessen. Es soll ein Deutscher unter der Menge gewesen sein, der seiner Entrüstung Luft machte.

Fr. Bas.

Glaub's gern. Ich muß mir auch noch post festum Luft machen: Marguerite, das hättest Du nicht thun sollen!

Marguerite.

Marguerite (nachdenklich vor sich hin).

Ja, ja. Seit ich hier im wonnigen Rheinthal bin und die lieben schwarzen Berge drüben Abends wieder leuchten sehe, wie als Kind —, hab' ich das auch gedacht. (Zu Frau Bas). Nun, war's ein Unrecht an der Heimath, so soll's mein Vater wieder gut machen. Ich vermag etwas über ihn und die tausend Quellen des Reichthums, die ihm hier fließen, sollen sich zu einem großen Strom des Segens für unser schönes Elsaß vereinigen. Verlaß Dich auf mich!

Fr. Bas.

Gott geb's! Aber sieh' einmal, wie Du Dein Elsaß liebst, das deutsch gewordene! Das ist brav. Und wenn's etwa Deinem Herrn von Saint=Clair nicht recht sein sollte, dann — weißt Du was, dann laß ihn laufen und bleib bei uns... bei mir...

Marguerite.

Du bist ja nicht mehr so allein. Du hast ja jetzt eine andere Marguerite, ein echtes blondes Gretchen... Oder fürchtest Du etwa, sie zu verlieren? (Bei Seite). Jetzt werd' ich's hören.

Fr. Bas.

Man kann nie wissen. Mein Gretchen meint zwar, ich sehe nichts, aber mir ist noch keine Blindschleiche im Schlaf über die Augen gekrochen, so alt ich bin. Sie ist einem wackern deutschen Mann von Herzen zugethan. Ich thue noch, als merk' ich nichts, aber sie soll mir nächstens beichten.

Marguerite (bei Seite, erregt).

Nun weiß ich's bestimmt: es ist Erich. Darum ist der Falsche mir bis jetzt aus dem Weg gegangen.

Fr. Bas.

Und Du Marguerite sollst mir auch beichten, — auf der Stelle.

Erster Akt.

Marguerite (zwingt sich zum Lachen).

Du bist köstlich, Frau Bas. Ich beichte Dir, daß ich Marguerite heiße und meinen französischen Namen mit Recht führe. Dann bin ich kein blondes deutsches Gretchen mit zwei langen Zöpfen im Nacken und einer lebenslänglichen Liebe im siebzehnjährigen Herzchen. Ich beichte Dir, daß ich ein echtes Kind der Welt bin und zwar der großen Welt, daß ich das Leben über Alles liebe, mein Leben, und daß ich es genießen will dort, wo es schäumt und perlt, wo die flüchtige Stunde inhaltreicher ist, als hier bei Euch lange träge Jahre. Ich beichte Dir —

Fr. Bas.

Hör' auf, ich hab' genug gehört. Zur Strafe für Deine gottlose Ausländerei sollst Du Deinen Saint=Clair haben. Du mußt durch Schaden klug werden. Du hast Delfort'sches Blut in den Adern: Ihr habt kein Heimathsgefühl. Du wirst noch an die Frau Bas denken... Marquise Marguerite.

(Leon ist eingetreten und hat die letzten Worte gehört).

5. Scene.

Vorige. Leon. (Dann) **Gretchen.**

Leon.

A la bonne heure! Mein Compliment, Frau Bas! Sie sollen wahr gesprochen haben. Ich sehe, meine Schwester hat geplaudert. Ja, weß das Herz voll ist, nicht wahr, Frau Bas?

Fr. Bas.

Leider. (Bei Seite). Der konnte auch besser bleiben, wo er war.

Leon (zu Marguerite).

Uebrigens Dich nehm ich beim Wort. Die Verlobung der Elsässerin mit Saint=Clair am Sanct Sedanstag — Gott schütz' uns vor dem Heiligen! — muß Aufsehen machen.

— Was sagen Sie, Frau Bas? Noch ist Elsaß nicht verloren, wie?

Fr. Bas.

Wenigstens an Frankreich noch nicht wieder.

Leon.

Ah — qui vivra verra! (Gretchen bringt einen Shawl.)

Gretchen.

Hier, Großmutter.

Fr. Bas.

Danke. Ich sitze etwas hohl. Wenn ich ein Kissen im Rücken hätte.

Gretchen (nach einem Sopha eilend).

Gleich bring ich Dir's.

Leon (ihr nach).

Ich kann's ja auch holen. (Verstohlen zu Gretchen.) Schönes Kind — 'zum (macht Kußpantomime).

Gretchen.

Bitte, kecker Musjöh zum... (sie macht eine Ohrfeigengeberde).

Leon (für sich).

Das Gretchen hat nicht blos echte Zöpfe, sondern auch Haare auf den Zähnen.

Marguerite (leise zu Leon).

Hast Du meine Sparbüchse an die Armen im Dorfe vertheilt?

Leon.

So ziemlich. (Bei Seite.) Vorläufig habe ich sie mit meine Spielkasse associirt. So was bringt Glück.

Fr. Bas.

Nach was schaust Du denn so aus, Gretchen?

Erster Akt.

Gretchen (an der Baluſtrade).

Ich? Ich ſehe uur nach Brigitte.

Marguerite (bei Seite).

Sie iſt erſchrocken ...; ſie erwartet — Erich. Wie die liebe Unſchuld heucheln kann. (Laut.) Komm, ich will ein wenig mit Dir plaudern, Gretchen. (Geht mit ihr etwas zur Seite.)

Leon (für ſich).

Eine Gelegenheit, die Alte anzubohren. (Zur Frau Bas.) Die Partie mit Saint-Clair wird unſerer Familie einen Lüſtre verleihen, um den uns ganz Paris beneiden wird. Freilich die Repräſentationskoſten ſteigen damit wieder.

Fr. Bas (immer ſehr trocken).

Daran laßt Ihr's ja ſo ſchon nicht fehlen ...

Leon.

O das iſt gut angelegtes Geld. Man kann nach dieſer Richtung nicht zu viel thun, wenn man große Zwecke verfolgt. Gerade jetzt pouſſire ich ein paar Sachen. Ich wollte Ihnen ſchon immer ſagen ..

Fr. Bas.

Ich will nichts wiſſen.

Leon.

Sie müſſen aber eine Idee von der Sache haben. Denn, um am Nutzen zu partizipiren, ſollen Sie auch Ihr Scherflein dazu beitragen.

Fr. Bas.

Beitragen? Nicht einen Heller.

Leon.

Es handelt ſich um ein Rieſenunternehmen, das vor der Hand noch ein Geheimniß bleiben muß. Um eine Bank, die Alles todt macht, eine Bank mit weiten politiſchen Gesichtspunkten. Ich könnte Ihnen Namen nennen vom legitimsten Adel, ja vom höchsten Clerus ... wir selbst stecken ganz drin.

Fr. Bas.

Um so schlimmer. Ich thu nicht mit. Apropos — weiß Frau Regine von diesen — Machenschaften?

Leon.

Unsere liebe Todfeindin? Das wär' die Rechte dazu.

Fr. Bas.

Ich warne dich. Sie wär' im Stande und kündigte Euch..

Leon.

Das wird sie bleiben lassen. Die Frau Prinzipalin haßt uns, aber sie liebt die Millionen, die sie mit uns verdient. Ehe die kündigt, rechnet sie sich auf Heller und Pfennig aus, was sie das kostet. (Bei Seite.) Uebrigens fehlt es ihr, Gott sei Dank, an allen Unterlagen dazu. Sie kann meinem Vater in die Bücher gucken; mir sieht sie nicht in die Karten. (Laut.) Die kündigt nicht, Frau Bas. Das erleben wir nicht.

Fr. Bas.

Wenn's nur wahr ist! Du bist ein wagehals'ger Spieler. Die Sorte betrügt sich selbst. Du hast viele Eisen im Feuer.

Leon.

Und Eisen muß man schmieden, so lang es warm ist, Frau Bas. Ihr letztes Wort?

Fr. Bas.

Ist gesprochen.

Leon.

Ich will's nicht gehört haben. Sie sind heute schlecht aufgelegt. Darum will ich ein anderes wichtiges Anliegen lieber gar nicht vorbringen.

Erster Akt.

Fr. Bas.

Noch was?

Leon.

Nun ja, ich wollte Sie fragen, ob Sie mir gestatten, mich an den Vormund Gretchens zu wenden?

Fr. Bas.

Zu welchem Zweck?

Leon.

Entre-nous, Frau Bas, ich finde großen Gefallen an Gretchen.

Fr. Bas.

Du?!

Leon.

Parole d'honneur! Und ich schmeichle mir, es beruht auf Gegenseitigkeit. Sie behandelt mich ganz vertrauenerweckend schnippisch. (Bei Seite.) Sie stutzt; auf diese Weise kirre ich sie. Auf eine vorübergehende Verlobung kommt's mir nicht an. (Laut.) Sie müssen's ja längst gemerkt haben, Frau Bas, wozu Versteckens spielen? Ich halte in allem Ernst um Gretchen an.

Fr. Bas.

Ei der Tausend! (Ruft.) Gretchen!

(Marguerite und Gretchen noch im Hintergrunde.)

Leon (bei Seite.)

Sie macht Ernst. Desto besser: dem Verlobten Gretchens wird Sie willfähriger sein.

Fr. Bas (wie oben).

Gretchen!

Gretchen (mit Marguerite herbeieilend).

Hier bin ich schon. Was soll ich?

Fr. Baß (trocken).

Trag' mein Nähzeug hinein. Es wird mir auf einmal zu windig hier außen. Bitte, Marguerite, Deinen Arm! (Im Abgehen.) Mich hält man noch lange nicht zum Narren. Bon soir, monsieur!
(Ab mit Marguerite und Gretchen.)

Letzte Scene.
Leon. (Dann.) Brigitte.

Leon
(steht ganz verdutzt, macht eine kurze Verbeugung und sagt)

Au revoir! Marguerite, uns're Pferde stehen schon zu lang. (Fr. Baß, Marguerite und Gretchen sind in's Haus getreten. Leon mit der Reitgerte Luithiebe schlagend.) Fichtre! Bei der Alten hab' ich Fiasco gemacht. Aber nur Geduld, es kommt die Revanche. — Wenn ich nur erst Nachricht von Andreas hätte! So lang hat mich der Bursche noch gar nie warten lassen. Er muß mir Prolongationen an der Börse erwirken, bis Marguerite verlobt ist. Hoffentlich hat er alles in Lyon arrangirt... und Marguerite wird... das heißt, wenn ich nur wüßte, was mit der vorgeht. Sie will und will nicht.... Sie ist wie verwandelt.... Pah! Sie muß! (Im Abgehen stößt er auf Brigitte.) Auch die noch! (Spöttisch.) Ah, Mademoiselle, so oft ich Sie sehe, muß ich mich wundern, was ich aus Ihrem Neffen für einen feinen Pariser gemacht habe.

Brigitte.

So? Einen Ex=Pariser wollen Sie sagen. Er wird doch auch von Hâvre aus an Sie geschrieben haben?

Leon (bestürzt).

Von Hâvre?! Sie irren sich wohl...

Brigitte (hält ihm das Briefcouvert vor).

Irrt sich der Poststempel vielleicht auch?

Erster Akt.

Leon.

Mein Verdacht! Sagen Sie mir um Gotteswillen...

Brigitte.

Ich hab' Ihnen gar nichts zu sagen. Wenn Sie etwas erfahren wollen, wenden Sie sich an Frau Regine —

Leon.

Was? Andreas wird doch nicht —

Brigitte.

An Frau Regine hat er geschrieben — einen so dicken Brief. — Wollen Sie ihn sehen? (Zeigt ihm den Brief.)

Leon.

Unglaublich! Geben Sie her!

Brigitte.

Prosit Mahlzeit!

Leon.

Bitte, machen Sie keine Umstände. In Geschäftssachen wissen Sie, sind Raudorfs und wir ein Leib und eine Seele. Geben Sie mir den Brief, ich besorg ihn an seine Adresse.

Brigitte.

Ich soll's aber selbst thun. Ah, jetzt geht mir ein Licht auf.

Leon.

Was bitt ich Sie überhaupt?! Ich befehle Ihnen.

Brigitte.

Sie mir befehlen?!

Leon.

Es liegt Verdacht vor, daß Ihr Neffe, — Sie wissen der Bursche ist zu Allem fähig —, mir, seinem Chef, Papiere unterschlagen hat. Ich muß diesen Brief sehen; wenn Sie mir ihn vorenthalten, machen Sie sich selbst der Hehlerei verdächtig.

Brigitte.

Holla! — jetzt reißt mir aber der Geduldsfaden... Sie meinen, Sie dürfen meinem ehrlichen Namen einen Schimpf anhängen — so mir nichts dir nichts!! Wenn der Andres ein schlechter Kerl worden ist, wer ist denn sein Zucht- und Lehrmeister im liederlichen Lebenswandel gewesen? Ich kann's dem Musjöh in's Gesicht sagen, wenn's der Herr wissen will. Ich fürcht' mich nit.

Leon (die Reitgerte schwingend).

Ich werd' Ihr ein andermal den Respektston lehren. Augenblicklich jetzt den Brief her, oder ich vergesse mich.

Brigitte.

Was — schlagen?! Oho!

Leon
(will ihr den Mund zuhalten und den Brief nehmen).

Still! den Brief... (Brigitte weicht zurück nach dem Garten.)

Brigitte (gedämpft, nicht laut, sehr rasch).

Zu Hilfe!. Lassen Sie mich los!. Hilfe.. Ach Gott sei Dank — Frau Regine!

Leon (zurückprallend.)

Verdammt!

Regine (von der Gartenseite her, rasch).

Was geht hier vor? Rief nicht jemand um Hilfe.. Brigitte?

Leon
(sich kühl verbeugend, leise zu Brigitte, die Athem holt).

Sei still! (Zu Regine.) Ich habe — zum Spaß natürlich — die Alte tüchtig erschreckt.

Brigitte.

Lassen Sie sich nichts vormachen! Diesen Brief von

Erster Akt.

Andres an Sie hat er mir abnehmen wollen. Da ist er. (Sie giebt Frau Regine den Brief.)

Leon (heuchelnd, artig).

Ich bin erfreut, Mittheilungen meines flüchtigen Secretärs in Ihren Händen zu wissen. Ich fürchtete schon, die Alte wolle sie unterschlagen. (Mit einer Verbeugung rasch ab. Frau Regine dankt ihm sehr gemessen, und betrachtet erstaunt das Schreiben.)

Regine.

Was ist das?

Brigitte (winkt drohend dem abgehenden Leon nach).

Warte, Du Cujon!

(Der Vorhang fällt rasch.)

———

Zweiter Akt.

(Empfangszimmer bei Frau Regine. Dasselbe ist zu ebener Erde zu denken, hat Verbindungen nach dem Hof und den Fabrikgebäuden zu, sowie nach den verschiedenen rechts und links anzunehmenden Räumlichkeiten des Hauses. Einrichtung etwas altfränkisch, sehr gediegen.)

1. Scene.

Frau Regine. Gretchen, (Straßenkostüm) dann **Diener** und **Buchhalter.**

Gretchen.

Jetzt will ich mich auf den Heimweg machen. Freilich weiß ich gar nicht, was ich Großmama erzählen soll. „Giebt's denn gar nichts Neues drüben?" wird sie fragen. „Natürlich, wenn man Dich schickt." — Na, ich kann mich gefaßt machen.

Regine.

Weißt Du was? Du kannst ihr erzählen: die Stadt Basel und die Stadt Straßburg haben in alten Zeiten einmal Händel miteinander gehabt. Und da wären die Baseler gar zu gern dahinter gekommen, was die Straßburger im Schild führten. Haben sie also einen recht verschmitzten Burschen gen Straßburg entsendet, damit er fein aushorche. Als man dort nun den Burschen aufgriff und im Verhör frug, wer er sei, da dachte er: der gerade Weg ist der beste und sagte: Ich bin der Spion von Basel. Nun kannst Du

Zweiter Akt.

Dir denken, wie die Straßburger sich beeilten, ihm Alles zu sagen, was er wissen wollte. — Hast Du mich verstanden?

Gretchen.

Ja. Aber die Geschichte werd' ich der Großmutter lieber nicht erzählen. Das Beste ist, ich denke mir unterwegs selber etwas aus …

Regine.

Nein, liebes Kind! Vermelde der Frau Bas einen schönen Gruß und als Geschäftsmann lasse ich ihr sagen, binnen einmal vierundzwanzig Stunden sei zwischen Frau Raudorf und Herrn Delfort Alles glatt. (Klingelt.)

Gretchen.

Glatt? (Ein Diener tritt ein.)

Regine (zum Diener).

Ist mein Sohn da?

Diener.

Herr Erich hat Besuch.. Der Herr Lieutenant von den Dragonern … Sie wollen zusammen ausreiten … (Gretchen hat ein leises „Ah!" nicht unterdrücken können.)

Regine.

Ich lasse meinen Sohn bitten, heute einmal nicht zu reiten; ich muß etwas sehr Wichtiges mit ihm besprechen. (Diener ab. Zu Gretchen.) Nimm mir's nicht übel, Gretchen, wenn ich Dich nicht selbst zur Station begleite.

Gretchen (zögernd).

Ach mir ist immer, als wenn ich etwas vergessen hätte! Es muß mir gleich einfallen … (bei Seite). Hans ist da!.. (Der Buchhalter tritt rasch ein.)

Buchhalter.

Frau Prinzipalin!..

Regine.

Was giebt's?

Buchhalter.

Im Maschinensaal Nummer drei arbeiten die Leute nicht.

Regine.

Aha! Was so ein paar unruhige Köpfe fertig bringen! Ich habe gestern schon gemerkt, daß es dort nicht geheuer ist. Wahrscheinlich waren die Leute gestern Abend im „Wilden Mann"?

Buchhalter.

Es wurde ein Vortrag gehalten.

Regine.

Ich weiß. So ein reisender Volksbeglücker hat sich dort einlogirt. Ich will meinen Arbeitern gleich selbst zu wissen thun, was sie von dem Orakel zu halten haben. — Gretchen, Du..

Gretchen.

Nein, jetzt wart' ich so lange bis Sie wieder kommen... Ich geh' partout nicht eher, bis ich weiß, daß Ihnen nichts zugestoßen ist. . . . .

Regine.

Gutes Kind! Also vorwärts, Herr Buchhalter. Zu den Schreihälsen, die mir meine Leute dumm machen wollen!
(Mit dem Buchhalter ab.)

2. Scene.

Gretchen. (Dann) Hans.

Gretchen.

Hans ist hier. Es wär' doch schön, wenn wir uns so verstohlen die Hand drücken könnten. Schlimm genug, daß wir's nur verstohlen thun dürfen. Die Heimlichkeit habe ich

Zweiter Akt.

recht satt. Wenn man sich einmal so von Herzen gut ist, da wird's alle Tage schwerer, sich nicht zu verrathen. (Sie geht an ein Fenster.) Ob Hans nicht über den Hof kommt? Richtig, — da ist sein Fuchs! Wie dumm! Der Bursche führt ihn auf und ab. — Warum bleibt er nicht selbst bei seinem Pferd —? Jetzt ist gerade Niemand auf dem Hof, jetzt hätt' ich Courage ihm zuzurufen: Hans, ich bin da! ich liebe dich! (Inzwischen hat Hans den Kopf zur Thür hereingesteckt, sie beobachtet und ruft jetzt, das Echo machend:)

Hans.
Liebe dich — dito!

Gretchen (zurückfahrend).
Was war das! Ach Gott —!

Hans (fängt sie mit den Armen auf).
Gretchen! Das war ein Wort! Kuß drauf. Noch einer! So — besiegelt ist's. (Hat sie herzhaft geküßt.)

Gretchen.
Was thust Du! Wenn man uns sähe!

Hans.
Wir haben ja Courage.

Gretchen.
Böser Mensch!

Hans.
Liebes Mädchen!

Gretchen.
Immer so stürmisch!

Hans.
Reiterblut, lieber Schatz. Weißt Du was? Jetzt heb' ich Dich in den Sattel, sitze auf und wir sprengen mit verhängtem Zügel schneller als das Dampfroß direct bis zur Frau Bas und bitten um ihren Segen.

Gretchen.

Zu Pferd? Warum nicht gar! Die sollte Augen machen. Nein, so geht's schon nicht. Aber ich werde mit ihr reden, Hans, ich verspreche Dir's; heute noch. Ich werde ihr sagen: verlob' uns nur, damit nicht am Ende noch so ein Freier kommt wie Musjöh Leon ..

Hans.

Was!? Der Pariser Pomadengeck?

Gretchen.

Ich würde mich todt schämen, wenn's Jemand erführe.

Hans.

Der windige Patron hat schon allerlei auf dem Kerbholz bei uns Kameraden, nun fühl ich aber, wie mir die Klinge locker wird.

Gretchen.

Hans, denke an meinen Vormund, den colonel! Versprichst Du mir Ruhe zu halten?

Hans.

Alles was recht ist —, nicht mehr lange.

Gretchen.

So lange, bis ich mit der Großmutter gesprochen habe?

Hans.

Heute noch?

Gretchen.

Noch heute.

Hans.

Also meinetwegen!

Gretchen.

Nein — meinetwegen!

Zweiter Akt.

Hans.
Natürlich ... kleine Rechthaberin!

Gretchen.
Also Du krümmst ihm kein Haar, Du wilder Prüssien?

Hans.
So lange er unter Deinem Schutz steht ... erobertes Kleinod.

Gretchen.
Hand drauf?

Hans.
Mund drauf! (Küßt sie.)

(In demselben Augenblick ist Erich eingetreten. Gretchen erblickt ihn, stößt einen Schrei aus und stürzt davon.)

3. Scene.
Hans. Erich.

Erich.
Entschuldige, Hans, wenn ich gewußt hätte ...

Hans.
Verzeih' mir, Erich, daß Du's nicht schon durch mich gewußt hast! Wochenlang drückt mir's das Herz ab, ich fand die richtige Wendung nicht, Dir die Sache beizubringen — Na, Gott sei Dank! jetzt weißt Du auf einmal, wie's steht. Es macht mir kein Kopfzerbrechen mehr — und auf so schöne Art hätt' ich Dir's im Leben nicht sagen können.

Erich.
Auf so überzeugende auch nicht.

Hans
Uebrigens das Gretchen — beiläufig bemerkt, ein schneidiges Mädchen — will heute noch mit der Frau Bas reden. Ich

sage das nur von wegen — dem Küssen. Du findest es doch in der Ordnung, daß ich mein Bräutchen in spe geküßt habe?

Erich.

Kinder, meinen Segen habt Ihr.

Hans.

Und Du redest auch mit der Frau Bas? Bravo! Aber jetzt halt ich's auf zwei Beinen nicht mehr aus. Auf's Pferd, Kamerad!

Erich.

Damit wird's heute nichts. Meine Mutter hat soeben eine ernste Unterredung über mich verhängt. Ich suche sie.

Hans.

Gieb Acht, die will Dich verheirathen.

Erich.

Ich fürchte nichts dergleichen.

Hans.

Wär' auch was zu fürchten. Du sagst: ja, Mutter, geheirathet wird und zwar heirathet mein Freund Hans sein Gretchen und ich heirathe Marguerite.

Erich.

Mensch!

Hans.

Du bist in mein Geheimniß hineingeplatzt, fall ich bei Deinem mit der Thür in's Haus. Du liebst Marguerite Delfort — Leugne es!

Erich.

Ich liebe sie — nicht mehr.

Hans.

Man kann gar nicht — nicht mehr lieben, wenn man einmal liebt. Unser Einer nicht.

Zweiter Akt.

Erich.

Doch. Ich will sie nicht mehr lieben. — Als Kinder spielten Marguerite und ich zusammen und hatten uns von Herzen gern. Das Leben ist mit furchtbarem Ernst dazwischen gefahren und — Du kennst die Verhältnisse — wenn heute ein Raudorf eine Delfort liebt.

Hans.

So wär' das die alte Geschichte, die ewig neu bleibt. Hör' einmal, Erich, ich bin selbst Partei, ich hasse mit; ich könnte jeden Tag einen Delfort todt schlagen. Aber gerade darum gönne ich ihnen die schöne Marguerite nicht. Muß man ihnen ihr Geld lassen, so kann man ihnen ihr Töchterlein abgewinnen. Du kannst es; das wäre Dein Elsaß, Erich.

Erich.

Sei still! Du weißt nicht, welch' schmerzliche Saite Du in mir berührst. Marguerite's Herz hängt mit jeder Faser an Frankreich.

Hans.

Das Herz?! Ein Mädchen hat tausend Herzchen und — ein Herz. Die Herzchen, lieber Gott, die hängen sich leicht an alles Mögliche. Da ist heute eine elegante Robe, morgen ein chiker Hut, eine pompöse Feder — und das kommt Alles von Paris. Da träumen denn die Herzchen von Paris, sind ganz verliebt in Paris — das ist eine Pensionskrankheit. Kommt Eine nachher vollends in die Haupt- und Residenzstadt der Mode, jung, reich und schön, — du lieber Gott, was mag's da noch Alles für die tausend Herzchen geben! Aber das Herz, das wartet auf den Einen, der's erobert und als Sieger bei ihm einzieht. Und das wirst Du mir doch zugeben, Erich, daß das Erobern und siegreiche Einziehen unser Fall ist. Ich dächte, das hätten wir ausgelernt. Du hast doch nicht umsonst den Feldzug so schneidig mitgemacht?

Erich.

Scherze nicht! Mir hat er erst mein Innerstes erschlossen. Die Freude am Vaterland; der Stolz, sein Sohn zu heißen; die Ehre, des heiligen Ganzen werth zu sein, — sind das Tugenden, die man übertreiben kann? Ich glaub's nicht. Das aber weiß ich: Wer nicht deutsch mit mir fühlen kann, wird meinem Herzen niemals nahe sein... Mann oder Weib. Die Lehre hat mir der Feldzug gegeben.

Hans.

Du brauchst sie mir gar nicht erst zu predigen. Ich sage darum doch: wirb' um Marguerite! Von Haus aus Deutsche, wie sie doch ist...

Erich.

Hat sie diese Ehre verwirkt, ja öffentlich mit Füßen getreten...! — Ich sehe, ich muß dir erzählen, wo und wie. Hör' mich ruhig an! — Auf dem Weg zur Heimath macht' ich Halt in Paris, um Marguerite zu sehen. Es gab eine Stimme in meinem Herzen, die sprach ganz ähnlich zu mir wie Du. Ehe ich dazu kam, im Hotel Delfort vorzusprechen, hörte ich von dem patriotischen Fest, das im Grand Hotel für den nämlichen Abend geplant war. Ich sah zufällig ein Programm; eine Nummer desselben mußte mich in die fieberhafteste Aufregung versetzen. Sie lautete: „Das Kind des Elsaß' — Marguerite Delfort." Meine Augen sahen das gedruckt, meine Ohren hörten den Namen von tausend Lippen schallen. Es gelang mir, Zutritt zu erhalten. Dem Ausgang nah stand ich an die Wand gelehnt, in dumpfer Betäubung. Ich erwachte erst daraus, als plötzliche Stille eintrat, ein Flüstern durch den Saal ging und ein allgemeines Ah! der Bewunderung das Kind des Elsaß begrüßte, das die Bühne betrat. Ich sah, — seit der Minute weiß ich was es heißt gefoltert werden —, ich sah Marguerite, es war kein Traum —, es war leibhaftig meine Marguerite — und doch war sie's auch wieder nicht. Nie war etwas so

Zweiter Akt.

Natur und Unnatur, so weinende Wahrheit und lächelnde Lüge zugleich. Noch hatte sie kein Wort gesprochen, da tobte schon wahnsinniger Beifall durch's Haus. Es hätte ja auch den heißblütigen Franken der beredteste Mund ihr geheiligtes Wort Revanche nicht zündender zurufen können, als die stummen Lippen dieses schönen Kindes aus dem verlorenen Elsaß thaten! Ich wollte mich hinaustasten, umsonst; ich schloß die Augen. Da sprach sie, es wurde still; ich hörte ihre Stimme. Die Stimme ist der Erinnerung Seele — oh, daß ich sie hören mußte, diese Stimme! Leise, tonlos schier, die Augen träumerisch verhängt, als ob sie das Rauschen des Rheinstroms von weitem vernehmen wollte, begann Marguerite zu erzählen, zu klagen. Dann schwoll die Stimme, erzitterte, wie Blitze zuckten Rachegedanken durch die Rede, und ich vernahm Worte, Worte, die wie siedendes Blei in mein Herz fielen. Sie haben die Liebe darin wie eine giftige Wunde ausgebrannt. Ha! da entrang sich im bittersten Schmerz ein geller Schrei meiner gequälten Brust, er verhallte in dem Sturm des Beifalls, der ihr entgegenrauschte. Es ward Nacht um mich, ich kam erst draußen wieder zu mir. So hab' ich Marguerite wieder gefunden —: nun sag' mir noch, ich solle um sie werben!

Hans.

Erich, wie Dir zu Muth sein mußte, das habe ich eben gespürt, glaub mir's. Und doch — und trotzdem — und alledem — ich kann mir nicht helfen: gieb Marguerite noch nicht verloren, thu's nicht! Weißt Du denn, ob sie's nicht schon bereut? Sie ist zu stolz, es merken zu lassen. Wenn sie eine Ahnung davon hätte, wie weh sie Dir gethan hat.

Erich.

Wenn noch ein Funken von deutscher Ehre in ihrem Mädchenherzen gelebt hätte, so hätte sie es nicht gethan.

Hans

Das Weib kann gut machen, was das Mädchen gefehlt hat . . .

Erich.

Hans, wenn sie einer That fähig wäre, die jede Erinnerung daran aus meinem Herzen tilgte!

Hans.

Zeig ihr, daß Du sie liebst . . .

Erich

Hans, Hans, Du reißt die Dämme meines Gewissens ein . . .! Doch was reden wir da, wir deutschen Träumer? Du weißt so gut wie ich, was für Pariser Besuch im Hause Delfort gegenwärtig verweilt. Lassen wir's. Nichts mehr davon! — Doch was ist das für ein Lärm —? Da kommt meine Mutter — ganz erregt. Was hat's gegeben?

(Man hat laute Rufe von draußen gehört. Frau Regine und Gretchen treten ein.)

4. Scene.

Vorige. Regine. Gretchen.

Regine.

Beruhige Dich, mein Sohn. Das waren Hochrufe. Ich haben ihnen ein paar Groschen Lohn zugelegt . . . das heißt nur denen, die's nicht verlangten. Ich laß mir nichts ab= zwingen. Aber wenn die Leute erst einsehen, daß sie es gut haben, dann eracht' ich sie werth, daß sie's besser kriegen. — Guten Tag, Herr Lieutenant! — Liebes Gretchen, Du kannst der Frau Bas nun doch was erzählen . . . Aber wer bringt Dich jetzt zur Station? Ich und Erich haben zu reden . . . Vielleicht macht der Herr Lieutenant den Ritter . . .?

Gretchen (vorschnell).

Ach ja!

Zweiter Akt.

Hans (feurig).

Mit tausend Freuden! (Zu Erich leise.) Auf Wiedersehen. Ich komme zurück und hole mein Pferd... Also vergiß nicht: „Geheirathet wird und zwar"... doch Du weißt ja! (Zu Gretchen ceremoniös.) Mein Fräulein!

Gretchen (ihm den Arm gebend).

Herr Lieutenant...
(Beide verneigen sich vor den Andern und hüpfen dann ganz munter fort.)

5. Scene.

Regine. Erich. (Zuletzt der) **Buchhalter.**

Regine (den Beiden erstaunt nachsehend).

Ah! So, so.

Erich.

Ein schönes Paar, Mutter.

Regine (mit Humor).

Und da muß ich noch Oel in's Feuer gießen! (Ernst.) Doch nun zu unserm Geschäft, mein Sohn.

Erich.

Wenn Du vom Geschäft mit mir reden willst, liebe Mutter, so thust Du mir wohl endlich einmal die Ehre an, mich tüchtig auszuschelten. Ich geh spazieren — um die Welt sogar — und Du arbeitest Dich auf dieser Scholle ab. Freilich, ich bin fest überzeugt, wenn es umgekehrt gewesen wäre, dann hätten wir mindestens eine runde Million weniger.

Regine.

Sprich nicht so lästerlich. Es giebt wenig Reichthum Erich, der Gott wohlgefällig ist. Wirst Du mir's einmal Dank wissen, daß ich Dein väterlich Erbe gemehrt habe, — gut! Aber das Eine sollst Du mir hoch anrechnen: daß Alles daran so rein ist wie Tempelgeräthe.

Erich (ihre beiden Hände fassend).

Mutter! Wie wär' es anders möglich — in diesen Händen, die ich küsse.

Regine.

Wenn Du bedenkst, an welche Genossenschaft ich von Anfang an geschmiedet war! Zum Glück enthielt der unselige Vertrag, den streng zu halten mir Dein sterbender Vater noch anempfahl, eine Clausel: es war ein Fall vorgesehen, der mich zu kündigen berechtigt. Ich hoffte von Jahr zu Jahr darauf, aber die Delforts waren eben so vorsichtig, wie gewissenlos. Ich mußte ihnen helfen, Schätze zu häufen, ihnen, die ich von Grund aus hasse, ja verabscheue. Die Welt begriff mich nicht, sie urtheilte: Der stolzen Frau Regine muß doch das Geld über alles gehen, sonst... Genug davon! Endlich ist die ersehnte Stunde da: ich kann kündigen, heute noch... und will es, wenn Du, Erich...

Erich.

Wenn ich...? Du kannst mich noch fragen, Mutter?

Regine.

Ich muß Dich fragen. Erst aber mußt Du wissen, um was es sich handelt... Die Sucht der beiden Delforts, in Paris um jeden Preis eine große Rolle zu spielen, hat sie endlich doch mit Blindheit geschlagen. Der Alte ließ dem Jungen freie Hand und Leon hat in einem Augenblicke der Krisis ihre Fabriken im Elsaß, auf die sich unser Vertrag erstreckt, einem Finanzmann verpfändet, der ihn an der Börse decken mußte. Er glaubte es mir verheimlichen zu können, aber Andreas, sein langjähriger Helfershelfer, dem endlich das Gewissen schlug, hat seinen saubern Herrn verrathen und mir die Papiere ausgeliefert. Ihr Inhalt berechtigt mich zu kündigen.

Erich.

Nun —? Glaubst Du, daß ich abrathe?

Zweiter Akt.

Regine.

Unsere Kündigung in diesem Augenblick ist für Delforts gleichbedeutend mit Banquerott. Sie haben ihn heraufbeschworen und verdient... zehnmal für einmal; und ich habe diesen Tag der Abrechnung herbeigesehnt wie die Erlösung von allem Uebel. Aber da er erschienen ist, jetzt trifft der Schlag auch mich und Dich. Wir haften kraft des Vertrages mit all dem unsrigen für die Passiva des Fabrikanten Delfort. Unser Reichthum kann dabei wie Rauch aufgehen und an Stelle der Millionen, Erich, die ich Dir zu hinterlassen hoffte, bleibt uns vielleicht nur soviel, daß wir damit in ehrlicher Arbeit wieder von vorne anfangen können — ich und Du. Willst Du, Erich?

Erich.

Mutter, Du sprichst mich heute mündig. Ja, ich will.

Regine.

Ich danke Dir. Du bist mein Sohn und mein Genosse jetzt. Wir gehen gleich an die Arbeit. Die Vollmacht für Dich ist schon ausgestellt. Du gehst unverzüglich zu Delforts hinüber, kündigst und forderst sie auf, zu Colmar beim Gericht Concurs anzumelden.

Erich.

Ich? Mutter, muß ich das thun?

Regine.

Wer anders?

Erich.

Bedenk, es ist der Henker, den Du ihnen in's Haus schickst.

Regine.

Ja, hast Du denn auf einmal Mitleid mit ihnen? Soll ich Dir lang und breit erzählen, wie sie täglich den Segen des Gewinns, an dem unser Fleiß klebt, in Fluch verwandeln? Wer läßt Tausende von unbesonnenen jungen Männern förmlich anwerben, daß sie für Frankreich optiren und über die Vogesen ziehen? Wer wirft das Geld mit vollen Händen aus, wo es gilt, heimlich den Rachekrieg zu pred'gen und dem Reich im Reichsland immer neue Feinde zu erwecken?! Nein, nein — das Maß der Vaterlandslosen ist voll — und wir, Erich, wir müßten wahrhaftig die nicht sein, die wir sind, wenn wir jetzt noch zögern könnten, der Schlange den Kopf zu zertreten! Sag mir's, daß Du kein Mitleid mit ihnen hast.

Erich.

Mit Einer ja; mit Marguerite.

Regine.

Wie! Das kindische Spiel mit dieser geputzten Puppe liegt Dir noch im Sinn? Ah, sie hat sich schön entwickelt; eine echte Delfort das! Ich dachte doch, vor dieser Gefahr hätt' ich Dich bei Zeiten bewahrt.

Erich.

Mutter, sei gerecht, nicht grausam! Du wirst es nicht sein. So weit kann Dein Haß nicht gehen, oder Du hast ein Geheimniß vor mir.

Regine (heftig).

Ich sehe, Du hast eins. Sag's grad heraus, daß Du sie liebst...!?

Erich.

Weil ich sie gerettet sehen will...?

Regine.

Willst Du ihren Retter spielen? Versuch's! Sie wird Dir ins Gesicht lachen. Der wird's an Rettern nicht fehlen — in Paris.!

Erich.

Mutter!!

Zweiter Akt.

Regine.

Ich hab' umsonst gelebt, muß ich das erleben! Rette sie, liebe sie, wenn Du's vermagst. Sei Du der Herr im Haus, ich mache Platz, ich gehe. Ich will's nicht sehen, wie sie Dich um's Lebensglück betrügt. Sie thut's. Sie hat das Blut ihres Vaters in den Adern!

Erich.

Mutter, fürchte nichts von mir! Ich stehe für mich ein. Aber auf die Frage antworte mir: Wenn Marguerite so geworden ist, wie sie Dir und mir nicht mehr gefallen kann —, gab es nicht eine Zeit, in welcher sie nur des mütterlichen Schutzes bedurft hätte, um anders zu werden? Warum hast Du in jener Zeit, da wir Kinder spielten, Dich nicht der Mutterlosen angenommen?

Regine.

Warum ich...?! Ah! — Setz Dich, mein Sohn. Ich muß Dir jetzt erzählen, was ich — ohne diese Frage — ganz sicher mit mir in's Grab genommen hätte. — Es gab eine Zeit, da nannte sich der alte Delfort noch auf gut deutsch Deffert und war der schmuckste Bursche im ganzen Gau. Mein Vater betrieb eine Sägemühle im Höllenthal. Von seinen zwei Töchtern war Gertrud, die ältere, ihm besonders ans Herz gewachsen; die Mutter, die mich dafür hätte trösten können, war früh gestorben. Auf seine alten Tage that der Vater noch eine Wirthsstube auf, die viele Gäste anzog. Deffert war bald das tägliche Brod bei uns. Er hat manchem jungen Ding den Kopf verdreht, auch unserer Gertrud. Ich merkt' es erst, als er Abschied nahm. Nur als reicher Mann, das verschwor er hoch und theuer, wollt' er wiederkommen. Lange Zeit kam keine Nachricht von Deffert, Gertrud war ganz krank darüber. Endlich schrieb er dem Vater, es geh' ihm gut und Gertrud müsse seine Frau werden. Es müsse aber noch Alles geheim bleiben und der Vater solle seine Braut erst nach Basel schicken,

Marguerite.

damit sie dort den Schliff bekomme, den eine reiche Frau haben müsse. Der Vater hatte einen Vetter in Basel, er stand nicht sonderlich gut mit ihm, aber er zwang sich und brachte Gertrud zu ihm in's Haus. — Eines Abends kam der Vetter aus Basel, ein roher, ungeschlachter Patron, in die Mühle. Er fuhr den Vater an: „wenn er gewußt hätt', daß es so käme, hätt' er das Mädel gar nicht in's Haus genommen. Seine Frau leid' es auch nicht länger..." Ich sah, wie der Vater kreideweiß wurde und auf die Ofenbank hinsank. „Geh' hinaus!" rief er mir zu. Ich hörte noch lange heftiges Hin= und Herreden. „Er muß sie heirathen, ich hab's schriftlich," rief der Vater. „Und er thut's nicht, ich hab's mündlich von ihm"... höhnte der Vetter. „Eine französisch Erzogene müsse er haben, sagt er. Er wolle Carriere drüben machen und da könn' er kein so blödes deutsches Gretchen dazu brauchen." — Es wurde still. Dann klirrte Geld auf dem Tisch und ich hör' den Vater: „Das ist das Letzte. Und daß mir die Dirne nicht wieder unter die Augen kommt! Es wär' ihr Tod." — Am andern Tag sperrte der Vater die Wirthschaft zu — und ging von da ab nur noch Nachts in der Mühle herum. Nicht lange darauf — es war in einer stürmischen Herbstnacht — wach' ich auf an einem jähen Schrei. Heiliger Gott, das war Gertrud! ruf' ich und bin auch schon aus dem Bett. Ich horch' hinaus — Alles still; ich such' alle Winkel aus, ich rufe leise: Gertrud! da hör' ich stöhnen, ich schleiche näher und stoße mit dem Fuß... o Gott, da lag blutüberströmt — Gertrud! „Der Vater ist hart, stammelt sie, er hat mich nicht todtgeschlagen." Ich richt' sie in die Höhe, sie aber zerrt mich hinaus und auf den kalten Steinen draußen, wo das Mühlenrad ging, da saßen wir miteinander die Nacht, da weinte sie ihr Leid in meinen Schooß. Ich aber nahm alle Kraft zusammen und trug sie auf meine Kammer. Dort lag sie wochenlang zwischen Tod und Leben. Der Vater that, als wüßt' er's nicht. Nur einmal sagt' er so laut, daß sie's hören mußte: „Einen Mühlenstein um den Hals wäre besser gewesen." Gertrud kam endlich wieder zu Kräften, sie konnt' aufstehen, aber gleich am ersten Tag, da sie an die Luft ging, kam sie nicht wieder. Man hat sie am Abend todt aus dem Wasser gezogen. Am Rechen vor dem großen Rad war sie hängen geblieben. Sie wär im hitzigen Fieber in's Wasser gegangen, — so wurde den Nachbarn gesagt. Man hat's nie anders gewußt. Am Grab, wie sie anfingen zu singen, da ist's erst über den Vater gekommen. Er ist zusammengebrochen, man hätt' ihn gleich zu ihr legen können. Er hat auch nur noch acht Tage gelebt, gesprochen hat er kein Wort mehr, aber ich weiß noch Alles, was in ihm vorging, wenn ich an seine brechenden Augen denke. Als ich sie ihm zudrückte, stand ich allein auf der Welt, mutterseelenallein. Später kam Dein Vater, Erich. Er hatte eine stille Liebe zu Gertrud gehegt. Was vorgefallen war, hat er nie erfahren. Der gemeinsame Schmerz brachte uns einander nah, er bot mir seine Hand an. Ich war schon seine Frau, als ich erfuhr, daß Delfort, früher Deffert, im Elsaß drüben sein Handelsgenosse war. Nie kam ein Wort über meine Lippen: ich habe Deinem Vater diesen Schmerz erspart, hab' auch Dir's verschweigen wollen, Erich: Du hast mir die Zunge gelöst! Nun weißt Du, warum ich Marguerite nicht zu mir nahm. Die Antwort blieb ich Dir nicht schuldig. Ich warte auf die Deine jetzt, wann Du nach Colmar gehst.

    Erich (tief bewegt ihre Hand fassend).
Schick' mir die Vollmacht, Mutter. Du sollst mit mir zufrieden sein. (Rasch ab.)

    Regine (ihm nachsehend, schmerzlich).
Konnt' ich anders?! Ich mußt' ihm Alles sagen. (In Eile tritt der Buchhalter auf und giebt Frau Regine eine Karte.)

    Buchhalter.
Der Herr wünscht selbst dringend.

    Regine.
Unglaublich! Leon Delfort? In diesem Augenblick —?

Ich bin nie für ihn zu Hause. Sagen Sie dem Herrn: Alles, was er von mir zu wissen benöthige, sei mein Sohn Erich schon beauftragt und bevollmächtigt, dem Herrn Delfort senior in Colmar persönlich zu bestellen. (Ab.)

Buchhalter (im Abgehen).

Der wird Augen machen.

[In demselben Augenblick kommt Hans vom Hof her.]

Letzte Scene.
Hans. Erich.

Hans (sich umschauend).

Hier auch nicht? Wo steckt denn Erich? Mir sagt er: geritten wird nicht —; und sein Pferd wird doch gesattelt.

Leon (zu dem Buchhalter unter der Thür des Comptoirs).

Mich nicht annehmen? Grenzt an Impertinenz. Mein Compliment!

Hans (für sich).

Was?! Der ist hier? (Tritt etwas bei Seite.)

Leon (für sich, vorkommend).

Wenn ich den Sohn aufsuchte? Ich muß herausbringen, was sie für Papiere hat... Der Sohn ist am Ende noch gröber... Eine verwünschte Sorte, diese Bettelpreußen!

Hans (rasch vortretend).

Herr —, was haben Sie da gesagt?!

Leon.

Pardon, wenn ich gesehen hätte —

Hans.

Gesehen oder nicht gesehen — Sie nehmen auf der Stelle das infame Wort zurück.

Zweiter Akt.

Leon.

Warum? Das ist ein ganz gang und gäber Ausdruck. Seit wann vertret' ich persönlich...?

Hans.

Wenn Sie nicht vertreten, was Sie sagen, Herr, dann sind Sie überhaupt... (plötzlich, für sich). Ja so, ich hab' ja Gretchen versprochen.

Leon.

Ich bin Leon Delfort... Herr...

Hans.

Ich weiß. Man kennt Sie schon. Sie aber sollen einen Bettelpreußen kennen lernen.

Leon.

Sie haben keinen Grund, dieses Wort auf sich zu beziehen.

Hans.

Was ich auf mich beziehen will, ist meine Sache. Aber ich will's Ihnen sagen. Es giebt im kahlen, dürftigen Preußenland, meiner Heimath, Ihnen unbegreifliche Menschen, die sich für ihren König opferten, als Deutschland geknechtet und er zu ihnen geflüchtet war. Als dann die Stunde schlug und der König sein Volk aufrief, das Joch der Fremdherrschaft zu zerbrechen, da gaben sie freudig auch ihr Letztes hin, den letzten Heller und den letzten Tropfen Blut. So sind sie bettelarm geworden. Aber im großen Krieg, der das ganze Vaterland befreite, wurden sie an Ehren um so reicher. So ein Bettelpreuße steht vor Ihnen und er wird Sie lehren, wie man von Seinesgleichen zu reden hat. Auf Wiedersehen! (Rasch ab. Leon steht ganz verblüfft.)

[Der Vorhang fällt rasch.]

Dritter Akt.

(Auf dem Landhaus der Frau Bas. Dekoration wie im ersten Akt.)

1. Scene.
Gretchen. Brigitte.

Gretchen.

Brigitte, ob ich's heut mit einer Generalbeichte bei der Großmutter versuche?

Brigitte.

's Barometer steht auf: Schön mit Gewitterneigung.

Gretchen.

Du meinst..?

Brigitte.

Ich mein', die Frau Bas hat heut' was vor. Sie hat einen Stich in's Feierliche. Ich hab' müssen das Fräulein Marguerite bitten, einen Augenblick zu ihr zu kommen — und hab' dito müssen den Herrn Erich bitten... auch auf einen Augenblick und nota bene auf den nämlichen Augenblick.

Gretchen.

Was!?

Brigitte.

Aber incognito, versteht sich. Es soll's keins vom

andern wissen... das Fräulein nicht, der Herr Erich nicht, kein Musjöh Delfort nicht und Frau Regine erst recht nicht. Um Gotteswillen, Sie werden mich doch nicht verrathen!?

Gretchen.

Wo denkst Du hin? Weißt Du denn, was sie vor hat?

Brigitte.

Ich denke mir was. Der Herr Erich ist doch heute gegen Mittag drüben im Delfort'schen Comptoir gewesen. Es soll einen Heidenspektakel gegeben haben. Der Frau Bas hab' ich's erzählt, sie schüttelte bedenklich mit dem Kopf.. und dann schickte sie mich zu Marguerite und Erich.. Sie kommen Beide und ich schwör' drauf, die Frau Bas hat einen Staatsstreich vor.. Entweder sie setzt ihn durch oder..

Gretchen.

Oder?

Brigitte.

Oder sie setzt ihn nicht durch und dann ist vier Wochen kein Wort mehr mit ihr zu reden. — Ich kenne das.

Gretchen.

Da will ich ihr doch lieber heut noch beichten, wie ich's Hans versprochen.

Brigitte.

Thun Sie's gleich, Fräulein Gretchen, da kommt sie. Viel Glück! (Ab. Gretchen tritt etwas bei Seite.)

2. Scene.

Gretchen. Frau Bas.

Fr. Bas (für sich).

Ich hab' mir's vorgenommen und ich setz' es durch. Ich hab' so meine Taktik. Sie treffen sich per Zufall hier — und wenn sie den richtigen Ton nicht gleich finden, dann hab' ich schon 'was in petto. Das hilft. Es braucht nicht immer wahr zu sein, daß die Jungen zwitschern, wie die Alten singen. Ich hab's auch schon anders erlebt. Und die hier muß ich erst Alle auf die richtige Melodie bringen. Nachher werden sie dann schon sagen: Ja, ja, die Frau Bas hat's gut gemacht! Ist das Gretchen da? (Sieht um sich.) Jawohl — und fleißig wie immer. Natürlich von selbst thät die noch lang den Mund nicht auf; aber ich werd' ihr gleich einmal ein paar Schrauben ansetzen. (Sie nimmt einen strengen Ton an.) Gretel! Da bleibst! Ich hab' mit Dir zu reden.

Gretchen.

Ich hab' ja gar nicht fortgewollt ... (bei Seite). Blos „Gewitterneigung." Ich verschieb's noch. (Rückt einen Lehnstuhl herbei.) Willst Du Dich nicht dazu setzen? Ich weiß nicht, Großmütterchen, Du hast heute einen Stich ...

Fr. Bas.

Was hab' ich?

Gretchen.

Du bist so feierlich — wollt' ich sagen.

Fr. Bas.

Wird wohl seinen Grund haben.

Gretchen.

Du hast gewiß etwas vor ...?

Fr. Bas.

Stimmt. Und daß es Dich angeht, das hat Dir wohl Dein schlechtes Gewissen schon verrathen?

Gretchen.

Ich hätt' ein schlechtes Gewissen?

Fr. Bas (streng).

Ja; mit einem guten, schätz' ich, treibt man keine so verschmitzten Sachen hinter meinem Rücken.

Dritter Akt.

Gretchen (für sich).

O weh!

Fr. Bas.

Kannst' mir in's Gesicht sehn?

Gretchen.

Ja.

Fr. Bas.

Ei, sieh' einmal an: Und hast doch eine geheime Liebelei angefangen. Meinst Du vielleicht, die deutschen Offiziere wären gerade gut genug, um ein bischen mit ihnen zu tändeln und kokettiren?

Gretchen.

Großmutter!

Fr. Bas.

Ich weiß, so treiben's heutzutage die jungen Dämchen. Nachher schlagen sie so einem braven Mann, der's ernst genommen hat, ein Schnippchen — und reden sich aus: mein Vormund, der Tyrann; oder — meine Großmutter, der Drache

Gretchen (weinend).

Nein, das ist abscheulich, mich so zu verleumden!

Fr. Bas.

Ah, ich verleumde? Wär' schon recht! Ist's vielleicht nicht wahr, daß Du mit einem gewissen Dragoner-Lieutenant schön thust..?

Gretchen (sich die Augen auswischend).

Großmutter, ich verehre ihn. Er liebt mich, er hat mir's gesagt; ich lieb' ihn auch, ich hab's ihm auch gesagt; er hat mich sogar schon geküßt, ich ihn auch, ich konnt' nicht anders. Aber das Alles hab' ich Dir heut noch beichten wollen — und da kommst Du und sagst mir in's Gesicht, ich tändle, ich kokettire; ich mit meinem Hans! Ich will ihm ein

Schnippchen schlagen! Oho, Großmutter, wenn man mich meinem Hans partout nicht geben will, dann kannst Du's erleben, daß ich sage: Mein Vormund, der Tyrann, zerstört mein Lebensglück, aber meine Großmutter..

Fr. Bas.

Der Drache .. was?

Gretchen.

Nein, nein! Mein Großmütterchen, — zu dem sag' ich' gieb mir den Mann, die Welt hat keinen bessern für mich!

Fr. Bas (gemüthlich).

Siehst Du! Das hätt'st Du Alles schon lange sagen können. Ich hab's ja nur hören wollen.

Gretchen (ihr um den Hals fallend).

Großmutter, — Mutter!

Fr. Bas.

Ja, Kind, ich will Dein Glück. Weißt Du was das Glück ist? ein eigener Herd im Vaterlande von der Liebe gegründet.. Ich hab' mich nach Deinem Hans erkundigt und muß sagen: Du hast gut gewählt.

Gretchen.

Gott lohn' Dir's droben, Großmutter.

Fr. Bas (launig).

Er mag mich den Lohn nur hier noch erleben lassen, wenn's sein Wille ist. Jetzt schreibst aber auf der Stelle an Deinen Vormund nach Nizza.

Gretchen.

Ist bereits geschehen.

Fr. Bas.

Schelm, Du! Also 's muß Alles bis zur Antwort noch

unter uns bleiben. Jetzt geh ich einen Gang in den Garten. Paß auf 's kann sein, der Erich fragt nach mir. Den schickst mir gleich nach. 'S kann auch sein, die Marguerite will mich sprechen, die hältst Du hier fest, bis ich aus dem Garten komme.. (wendet sich.)

Gretchen.

Mit dem Erich?

Fr. Bas (sich noch einmal umdrehend).

Naseweis! (Für sich.) Die Frau Bas wird's schon gut machen. (Ab.)

3. Scene.

Gretchen. (Dann) Erich.

Gretchen.

Victoria! Die Schlacht wär gewonnen! Ich hab' aber auch mit der Großmutter geredet.. Schneidig, sagt Hans. Wenn mir jetzt der Vormund etwa noch Geschichten machen will, da werd' ich ihm schreiben: Verehrter Herr Ex-Colonel — Alles was recht ist. Wir haben Sie schön gebeten, die Großmutter hat ja gesagt und beim Lichte besehen haben Sie hier in den Reichslanden gar nichts mehr dreinzureden. Wenn Sie darüber belehrt sein wollen, so brauchen wir nur dem Fürsten Bismarck zu winken... der ist für Alles gut...

Erich (ist eingetreten).

Guten Tag, Gretchen.

Gretchen.

Da bist Du ja schon.

Erich.

Die Frau Bas will mich sprechen. Ist sie drin?

Marguerite.

Gretchen.

Sie erwartet Dich schon im Garten.

Erich.

Dann will ich auch nicht säumen. Aber eine Frage vorher. Ich hab' Dich heute Morgen überrascht, — brauchst Dich gar nicht zu schämen —, und jetzt siehst Du so freudestrahlend aus; — sag' einmal: es ist wohl gar nicht mehr nöthig, daß ich Euretwegen mit der Frau Bas rede? Ich hab's versprochen.

Gretchen.

Nein, Erich; wir haben's Gott sei Dank jetzt nicht mehr nöthig. Ach, ich bin Dir so glücklich, Erich!

Erich (mehr bei Seite).

Und ich — so unglücklich. Ach, Gretchen, warum sind nicht alle Mädchen im Elsaß so wie Du!

Gretchen.

Um Gotteswillen nicht! Da würden sie ja alle meinem Hans gerad so gut gefallen, wie ich.

Erich (ihre Hände fassend, innig).

Nein, Du liebe Unschuld, er würde doch nur Dich lieben müssen — sein Gretchen, sein Glück! Glaub' mir's! (Sie gehen Beide Hand in Hand dem Garten zu. In diesem Augenblick ist Marguerite von der anderen Seite eingetreten, sieht Beide so und bleibt wie angewurzelt stehen.)

4. Scene.

Marguerite. (Dann) **Gretchen.** (Später) **Erich. Fr. Bas.**

Marguerite (schmerzlich, bitter).

Bin ich zu diesem Schauspiel eingeladen worden? Zwei Liebende, sagt man, geben ein Schauspiel für Götter ab. Ja, weil die Götter neidisch sind. Still, Marguerite! Oder soll ich ihm vor dem blonden Ding da zeigen, wie gleichgültig

Dritter Akt.

er mir ist. O ich Thörin! Mir träumte schon, ich könnte Heimath und Liebe in Einem gewinnen! Ich ahnte ein Paradies in diesem Thal. O wie kindisch war das von Marguerite Delfort!

(Gretchen hat während dessen Erich bis zum Garten begleitet, dort einen Augenblick ihm nachgeschaut, dreht sich jetzt um und erblickt Marguerite.)

Gretchen (halb für sich).

Ah — Marguerite! So bald?

Marguerite.

Komm' ich irgend Jemand ungelegen, so ist es die Schuld der Frau Bas, die — befohlen hat.

Gretchen.

Ich weiß, und ich soll Dich bitten..

Marguerite.

Hoffentlich hast Du meinetwegen nicht auf bessere Gesellschaft verzichtet. Ich sah Jemand weggehen..

Gretchen.

Jemand..? Das war doch Erich..

Marguerite.

Das war Herr Raudorf, so? Ich hätt' ihn nicht wieder erkannt. Doch —, ich will die gute Frau Bas nicht warten lassen..

Gretchen.

Ach, das eilt nicht. Die muß doch erst mit Erich sprechen.. (Für sich.) Ja so! Da hab' ich mich verschnappt.

Marguerite.

Herr Raudorf ist bei ihr? Da werde ich mir doch eine passendere Zeit aussuchen..

Gretchen.

Nein, Marguerite, ich darf Dich nicht fortlassen. Groß=

mutter hat Wichtiges mit Dir zu sprechen. Kannst Du Dir denn gar nicht denken worüber?

Marguerite.

Ich weiß überhaupt nicht, was ich von dem Allen denken soll. Also à tantôt! (Will gehen.)

Gretchen.

Bleib, Marguerite! Es handelt sich wahrhaftig um Wichtiges.

Marguerite.

Wichtig für Dich und — Andere, das glaub' ich Dir; für mich wahrscheinlich kaum der Rede werth.

Gretchen (bei Seite).

Sie weiß gar nicht, was sich ereignet hat. (Laut.) Ich weiß nicht, wie ich's Dir begreiflich machen soll. Wir Mädchen verstehen doch von diesen Händeln nichts.

Marguerite.

„Wir Mädchen"?! Du fängst an mich zu amüsiren, Kleine! „Wir Mädchen" — ich und Du!

Gretchen.

Ich meinte blos wir bescheidenen deutschen Mädchen. Einer Pariser großen Dame werd' ich mich doch nicht vergleichen.

Marguerite.

Enfin, Du bescheidenes deutsches Mädchen, sag' um was es sich handelt — frei heraus oder ich — gehe.

Gretchen.

Ich weiß nur, daß Erich in Colmar gewesen ist, im Auftrag seiner Mutter, daß es schlimm ablief, sehr schlimm — und daß jetzt...

Marguerite.

Die Frau Bas durch mich bei meinem Vater, der mir

Dritter Akt.

nichts abschlagen kann, die Schwierigkeiten ebnen will .. nicht wahr? Sag' Deiner Großmama, daß ich Alles thun werde, aber nicht Herrn Raudorf, sondern ihr zu Gefallen ...

Gretchen (bei Seite).

Die Aermste hat keine Ahnung. (Laut.) Du mußt ihr das selbst sagen .. Hier kommt sie schon.

Marguerite.

Und Er! Sie hat mich noch nicht gesehen .. Adieu!

Gretchen (hält sie fest).

Ich laß Dich nicht fort .. (Ruft.) Großmutter! Da ist Marguerite! Sie wartet schon lange auf Dich.
(Die Frau Bas kommt auf Erich gestützt. Erich hält, da er Marguerite's ansichtig wird, betroffen inne.)

Fr. Bas (ruft noch von fern).

Ich komme schon. Verzeih, Marguerite! (Zu Erich.) Nun, wo stockt's?

Erich (zur Frau Bas leise).

Laß mich! Nimm Du Dich jetzt ihrer an. Das ist Alles, was ich Dir rathen, um was ich Dich bitten kann.

Fr. Bas (leise).

Mich braucht man nicht erst zu bitten. Aber — laß mir nur Deinen Arm noch die paar Schritte .. Ich bin kein Leichtfuß ..

Erich (sie ganz nach vorn führend).

Und machst mir's schwer Dich zu führen.

Fr. Bas
(läßt Erichs Arm los, giebt Marguerite die Hand).

Wie lieb von Dir, Marguerite! Sei herzlich willkommen! Gretchen, sag' Brigitte, es wäre Zeit, an unsern Thee zu denken. (Gretchen ab.)

Fr. Bas.

Ja, wie steht Ihr denn da? Kennt Euch am Ende gar

nicht mehr?! Ach was! Hier ist neutraler Boden. Hier dürft Ihr Euch von Herzen die Zeit bieten und die Hände reichen. Thut mir's einmal zu Gefallen. So. Das ist Euer Spielplatz gewesen. Mein Gott, was doch aus Kindern große, schöne Leute werden können! (Bei Seite.) Sie finden den Ton nicht! (Laut.) Da fällt mir ein: ich hab drin noch Bilder von Euch, als Kinder. Die muß ich gleich einmal heraussuchen und Euch zeigen. Den Spaß dürft Ihr mir nicht verderben. Wartet ein Weilchen! (Im Abgehen.) Ich glaube, ich hab's gut gemacht. Jetzt muß die Bombe doch platzen. (Ab.)

5. Scene.

Marguerite. Erich.

Marguerite.

Diese zufällige Begegnung.... (Sie zögert.)

Erich.

Möglichst abzukürzen... wollten Sie sagen, nicht wahr? Erlauben Sie, daß ich Ihrem Wunsche zuvorkomme, indem ich Sie bitte, mich der Frau Bas zu empfehlen. (Will gehen.)

Marguerite (einen unbefangenen Ton anschlagend).

Erlauben Sie mir Ihnen zu bemerken, daß Sie mich damit dem Unwillen der guten alten Frau preis geben und sie zugleich um ein rührendes Vergnügen mit den Bildern bringen.

Erich.

Sie haben Recht. Ich bleibe — und bin auf den Spiegel uns'rer Kindheit begierig, der uns vorgehalten werden soll.

Marguerite.

Ich bin garnicht neugierig, wie wir uns darin ausnehmen. Jedenfalls recht plump und geschmacklos.

Erich.

Ich neben Ihnen gewiß.

Marguerite.

So galant waren Sie damals nicht. Ich war an tägliche schlechte Behandlung von Ihnen gewöhnt.

Erich.

Das kam von der Rheingrenze, die Sie einmal zogen. Wissen Sie noch?

Marguerite.

Ja, wir haben's schon als Kinder erfahren, daß Politik den Charakter verdirbt.

Erich.

Sie meinten es nicht so schlimm, wenn Sie mich tête carrée nannten.

Marguerite.

Ich nahm Ihre „wälsche Pensionspuppe" auch nicht tragisch. Einmal aber riefen Sie mir mit ungeheucheltem Pathos zu: Du bist ein entarteter deutscher Backfisch. Das wurmte.

Erich.

Der Krieg war erklärt. Die Feindseligkeiten wurden eröffnet. Der Bach dort im Garten war der Rhein —

Marguerite

Sie nahmen einen fürchterlichen Anlauf und riefen: Jetzt gilt's das Unsere wieder zu holen! Ein Sprung...

Erich.

Und ich war drüben, haschte Sie und eh' Sie's wehren konnten, hielt ich Sie um die Taille gefaßt.

Marguerite.

Recht unsanft, wie ich mich erinnere...

Erich.

Aber um so fester. Ich hob Sie in die Höhe, noch ein Sprung und wir lagen Beide auf deutschem Boden…

Marguerite.

Auf dem Boden ja. Ich hatte mir recht weh gethan und weinte bitterlich…

Erich

Das heißt — Sie weinten und lachten dazwischen und der schönste Friede wäre geschlossen worden, aber da kam meine Mutter dazu, schalt heftig und von da ab waren uns're Spiele verpönt. Wir sahen uns nur selten wieder…

Marguerite.

Dann immer seltener und zuletzt… Mein Gott, das wird vielen Kindern so gehen… Aber Sie, Herr Erich, Sie sind ja später im Ernst, im furchtbaren Ernst des Krieges, über den Rhein gezogen. Da haben Sie doch unseres kindischen Spiels gedacht?

Erich.

Da hab' ich an mein liebes deutsches Vaterland gedacht und hab' gefühlt, daß Gott nichts Herrlicheres den Menschen schenken kann. Und damals dacht ich auch: jetzt wird, jetzt muß doch Jeder daran glauben. Die Stunde der Gefahr bringt manchen verlorenen Sohn reumüthig ihm zurück und selbst… (plötzlich innehaltend.) Verzeihen Sie, was ich damals dachte, paßt wirklich nicht für das Ohr von Marguerite Delfort…

Marguerte (gekränkt).

Glauben Sie…? (Trocken; Erregung niederkämpfend.) Nun ja, brechen wir davon ab. Ich hätte gern erfahren, ob aus dem unbändigen Knaben ein unwiderstehlicher Heldenjüngling geworden war. (Spöttelnd.) Sie ziehen es vor, mir gleich mit dem pedantischen Herrn zu imponiren, in den sich der gebildete junge Deutsche so bald wie möglich zu verwandeln

Dritter Akt.

strebt. Ich kann Ihnen mein Compliment machen und wenn Ihr ganzer Ehrgeiz, wie ich annehme, sich jetzt darauf caprizirt, das nächste beste blonde Gretchen aus dem eroberten Lande an den Altar zu führen, so gratulire ich Ihnen auch dazu von ganzem Herzen, Herr Erich Raudorf.

Erich.

Witzeln Sie immerhin über unsre einfache Sitte. Diese gallische Untugend steht der Tochter des Herrn Delfort, der in erinnerlicher Zeit sich selbst noch Deffert nannte, sehr natürlich zu Gesicht.

Marguerite.

Ah, mein Herr! Ihre germanische Tugend schreckt nicht davor zurück, unhöflich zu werden.

Erich.

Die ungeschminkte Wahrheit wenigstens bin ich der Jugendgespielin noch schuldig.

Marguerite.

Auch der Tochter des „Herrn Delfort"?! Nun, mein Herr, ich könnte eitel darauf sein, die Tochter dieses Mannes zu heißen, wenn ich nicht stolz darauf wäre. Sind's Andere auf ihren hohen Rang, ihrer Ahnen prunkende Reihe, so bin ich stolz darauf, die Tochter dieses Arbeiterkönigs zu sein. Ist sein Wille nicht Tausenden Ordnung und Gesetz? Und sein Geist, für Tausende geschäftig, giebt er nicht Aber=tausenden das Brot im mehr als täglichem Sinn des Worts? In jedem Einzelnen die Arme rührend, schafft er für Alle nicht? Ist ihr Gedeihen nicht seine Ehre? Doch was frag' ich Sie noch lange? Sie müßten nicht der stolze Sohn Ihrer Mutter sein, wenn Sie nicht begriffen, daß ich meines Vaters stolze Tochter sein muß!

Erich.

Seine blinde Tochter ... sind Sie nur. Mit sehenden

Augen blind, sonst hätten Sie längst … doch was red' ich da? Es ist ja doch zu Allem jetzt zu spät.

Marguerite.

Was sagen Sie? Wozu ist es zu spät? Was ist geschehen? Sie waren in Colmar … sagen Sie mir …

Erich.

Ihnen soll ich's sagen?! Der stolzen Tochter? Um keinen Preis!

Marguerite.

Ist meinem Vater ein Unglück zugestoßen? Ich beschwöre Sie! Sagen Sie mir …

Erich.

Ich kann's nicht.

6. Scene.

Vorige. Leon. (Dann) **Frau Bas.**

Leon (ist eingetreten, die letzten Worte hörend).

Aber ich! Ich kann Dir's sagen.

Marguerite.

Du hier?!

Leon.

Ich, wie Du siehst. Meine Vermuthung, Dich hier zu finden, war richtig. Doch daß ich Dich an einem solchen Tag im Tête-à-Tête mit dem Sohn der Frau Regine Raudorf treffe, das wär' Humor, wenn's nicht Intrigue wäre.

Marguerite.

Was soll diese Sprache, Leon? Sag' lieber …

Leon.

Sag Du mir lieber: Bist Du zufällig hier, oder bist Du's auf Anstiften der Alten?

Dritter Akt.

Marguerite.

Und wenn .?

Leon.

Dann calculir' ich, daß die biedere Frau Bas auch im Complott gegen uns ist.

Marguerite.

Im Complott sagst Du . . .?

Leon.

Im Complott gegen unsere Ehre, unsre Existenz. Glaubst Du, daß man uns die abspricht?! Glaubst Du's, daß man Deinem Vater in's Gesicht gesagt hat: geh' auf's Gericht und erkläre Dich banquerott?!

Marguerite.

Das hat ein Mensch gewagt . .?

Leon.

Du sollst gleich erfahren, wer. Mit satanischer List hat unsere liebe Geschäftsfreundin über'm Rhein den Moment erlauert, — es giebt im Geschäftsleben Augenblicke, wo man schwächer ist, als die Situation . . . Einen solchen Augenblick hat Frau Raudorf abgewartet, uns mit ihrer Kündigung zu beehren. Dieser Herr hier, Dein ci-devant Jugendfreund, war so gütig, das Attentat auf unsern ehrlichen Namen persönlich auszuführen.

Marguerite.

Sie?

Erich.

Mein Fräulein . . .

Leon.

Er ist nämlich nur der erste Commis seiner Mutter . . ., aber er hat Deinem Vater Dinge in's Gesicht gesagt, unerhörte Dinge.

Marguerite.

Marguerite.

Meinem Vater... Ah!

(Die Frau Bas tritt aus dem Haus, bleibt im größten Aerger, da sie Leon erblickt, auf der Veranda zuhörend.)

Erich (will sich ihr nähern).

Fräulein Marguerite...

Marguerite.

Hinweg!

Leon (zu Marguerite.)

Hast Du's nun eingesehen, mit wem Du hier zusammen warst? Aber sei ruhig! Die Frau Prinzipalin soll sich noch krank ärgern, wenn sie sieht, daß wir leben trotz ihres fein angelegten Schelmenstückchens...

Erich.

Von was reden Sie?

Leon.

War's vielleicht ein frommes Werk, mir Privatdokumente entwenden zu lassen...?

Erich.

Das lügen Sie!

Leon.

Pah! Wer beweist mir das?

Fr. Bas (zornig vortretend).

Beweist? Die Ehre der Frau Regine braucht in diesem Hause nicht bewiesen zu werden. Verstanden, Musjöh?! Aber der Beweis ist da. Wer hat denn meiner Brigitte ein gewisses Schreiben mit Gewalt entreißen wollen?

Leon.

Das Märchen.

Dritter Akt.

Fr. Bas.

Hat besagtes Schreiben der Frau Regine die Augen geöffnet und hat sie Euch heute gekündigt, so hat sie gethan, was rechtens ist.

Marguerite.

Rechtens sagst Du? Der Haß geht hier vor Recht. Ihr haßt uns Alle. Nur zu! Der Haß, der in dieser Nußschale von Welt hier gegen uns brütet, raubt meinem Vater ja doch kein Titelchen der Wohlthaten, mit denen er seine Heimath überhäuft.

Erich (bitter).

O der Verblendung, die Ihnen da noch von Wohlthaten zu reden eingiebt! Wem seine Heimath lieb ist, verachtet Almosen aus der Hand des Heimathlosen, der sein Vaterland verleugnet hat. — Aber darin haben Sie Recht: Unser Haß raubt seiner Tochter kein Blatt aus den Lorbeerkränzen, die ich mit blutendem Herzen von jubelnden Parisern dem „Kind aus dem Elsaß" zuwerfen sah.

Marguerite
(ist bei diesen Worten plötzlich wie erstarrt und sinkt jetzt zusammen mit dem Ruf.)

Er war's! Er!

Leon.

Komm, Marguerite! Du sollst noch größere Triumphe erleben. Komm!

Marguerite (plötzlich auffahrend).

Zu meinem Vater, ja! (Hochgradig erregt; zur Frau Bas.) Warum immer Du mich heute hierher gelockt, ich weiß Dir's Dank. Du wolltest mir die Marguerite der Vergangenheit zeigen: ich habe im Geist jetzt die der Zukunft geschaut. Leb' wohl!... Zum letztenmal hab' ich hier geweilt. Haßt Marguerite Delfort so lang, bis Ihr wieder von ihr hört!
(Sie eilt mit Leon ab. Die Frau Bas will sie aufhalten, geht ein paar Schritte nach und ruft.)

Fr. Bas.

Bleib noch Marguerite! Geh nicht so von uns!

Marguerite.

Erich.

Nein! Geh, Marguerite! In neuen Triumphen an der Seine willst Du Eure Schande am Rhein ersticken. Verblendete, Verlorene! Ich habe das Wort verstanden! Auch ich seh' die Marguerite der Zukunft vor mir —! Zwischen ihr und mir kann nichts gemeinsam sein. Aus meinem Herzen hast Du Dich gerissen... für immer! (Er eilt durch den Garten ab.)

Fr. Bas (kommt zurück).

Fort ist sie. Erich! (Schaut sich um.) Auch fort?! Und auch im Zorn. Jetzt ist Alles aus den Fugen. O ich dumme alte Frau! Das hab' ich gut gemacht.

(Der Vorhang fällt.)

Vierter Akt.

[Ein Empfangszimmer bei Herrn Delfort. Links im Hintergrund ein Vorzimmer, welches in direkter Verbindung mit dem Hof zu denken ist und Aussicht nach den Fabrikgebäuden gewährt; von der Hauptdekoration durch praktikable Glasthüren abgeschlossen. Rechts zwei Thüren; die vordere führt zum Comptoir des Herrn Delfort senior; die weiter zurückliegende nach dem Zimmer Leon's. Im Fond eine breite [geöffnete] Flügelthüre, welche die Verbindung mit den übrigen Räumen des Hauses vermittelt.)

1. Scene.

Jean. Finette. (Beide stäuben ab.)

Jean.

Wozu wir eigentlich noch abstäuben! Der Glanz ist weg... Das Haus Delfort... hm!

Finette.

Traurig genug.

Jean.

Bah — ein bischen banquerott. So etwas nimmt man leicht.

Finette.

Unser junger Herr gewiß. Aber sein Vater —, den stolzen Mann hab' ich gestern gesehen und werde dran denken. Das Fräulein sollte ich bei ihm anmelden. Ich poche, — keine Antwort. Ich trete ein, da saß er, wie vom Schlag gerührt, der Kopf war auf den Schreibtisch gesunken, die

Arme und Hände über einem Haufen Bücher und Papiere wie erstarrt.

Jean.
Er schlief also. Das spricht für einen günstigen Banquerott..

Finette.
Ich glaubte, er wär todt. Aber er athmete... schwer...

Jean.
Sie haben ihm wohl den Puls gefühlt?

Finette.
Ich rannte zum Fräulein. Sie flog in sein Zimmer.

Jean.
Sie hinterher...

Finette.
Ich blieb an der Thür.

Jean.
Und was sahen Sie da durch's Schlüsselloch?

Finette.
Nun ja, man hat auch ein Herz. Es regte sich nichts, es war unheimlich, ich konnte nichts hören.

Jean.
Aber sehen — Nun?

Finette.
Ich sah, wie das Fräulein über den alten Herrn gebeugt in den Papieren wühlte, die Schubfächer durchsah, Alles prüfte... und verglich. Mein Gott, sie muß es wissen, was sie zu thun hat...

Jean.
Die weiß es.

Finette.

Es dauerte lange, bis sie herauskam. Dann mußt' ich ihr sofort den alten Jost auf's Zimmer schicken.

Jean.

Ah — die Seele des Geschäfts und der Nebengeschäfte des Herrn Leon... Das ist interessant.

Finette.

Er blieb die halbe Nacht, das Fräulein aber kramt und rechnet, glaub' ich, immer noch.

Jean.

Sie wird sich am Ende noch eine ganz hübsche Mitgift aus dem Schiffbruch retten...

Finette.

Herzloser Mensch!

Jean.

Ich sage Ihnen, es ist für alle Fälle besser, den Teufel im Leibe zu haben, als ein sogenanntes Herz. Sparen Sie Ihre paar Thränen auf, — wir können nur gewinnen. Hier haben wir ganz sicher zum letzten Mal abgestäubt. In das langweilige Ouvriernest kommen wir nicht wieder, wir bleiben jetzt wahrscheinlich ganz in Paris.

Finette.

Das ist günstig für Sie, der hinter jeder Grisette herläuft. Aber wenn ich meinen Dagobert nicht mehr sehen soll... ach Gott!

Jean.

Den schnautzbärtigen Dragoner?!

Finette.

Hören Sie, Jean, wenn man ihm einen Posten in Paris verschaffen könnte?

Jean.
Dem Prussien — einen Posten? Die Laterne...

Finette.
Wissen Sie was? Da hängen Sie sich dran! Ich pfeife auf das Seinebabel, ich bleibe hier.

Jean.
Hier? Da kommen Sie in die Masse. Gratulire, Madame Dagobert! (Ab.)

Finette (ihm nach; im Abgehen).
Dagobert —? Nehmen Sie sich vor dem in Acht. (Ab.)

2. Scene.
Leon. (Dann) Jost.
(Leon tritt aus seinem Zimmer, geht an die Thür seines Vaters, klopft, horcht, erfolglos.)

Leon (ungeduldig).
Das fängt an, mich zu langweilen. Der Alte wird doch nicht den Marius auf den Trümmern Carthago's spielen wollen. Ich habe mit Saint-Clair eine ganz andere Heldenrolle für ihn ausgedacht... und es ist die höchste Zeit, daß ich ihn damit vertraut mache. Doch was ist das für ein Lärm?
(Jost ist unter der Glasthür zum Vorzimmer sichtbar geworden. Man hört Arbeiter draußen durcheinander reden. Jost winkt zurück und tritt dann rasch vor.)

Jost.
Herr Delfort!

Leon.
Sie, Jost? Was giebt's?

Jost.
Große Aufregung unter den Arbeitern.

Vierter Akt.

Leon.

Weiß die Canaille schon?

Jost.

Die Leute wissen — Sie wollen aber mehr wissen und deswegen eine Deputation hereinschicken. Bis jetzt liegen sich deutsch und französisch Gesinnte noch in den Haaren. Wir sind aber in großer Majorität, wir Franzosen.

Leon.

Das kommt uns sehr gelegen. Schüren Sie den Brand – Jost!

Jost.

Ich verstehe nicht.

Leon.

Ja so. Ich will Sie in's Vertrauen ziehen. Heute ist zufällig der letzte Tag, an dem jedem Elsässer noch das Recht zusteht, sich für Frankreich zu erklären. Es ist wahrscheinlich, daß mein Vater die Gelegenheit ergreift, feierlich optirt und alle Arbeiter, die seinem nobeln Beispiel folgen, mit sich nach Frankreich nimmt, wo sie's gut haben sollen. Jetzt mischen Sie sich unter die Leute und versichern den Einen: Herr Delfort wird optiren — und den Andern sagen Sie: er wird nicht optiren. Das ist Alles, was ich von Ihnen verlange. Nun, warum zögern Sie noch?

Jost.

Ich wollte Ihnen nur mittheilen, daß mich Fräulein Marguerite gestern Abend spät noch wie ein Untersuchungs= richter ausgefragt hat... Ein Vertheidiger hätte die Geheim= akten des Hauses nicht so gewissenhaft studirt wie sie... (Bei Seite, während Leon auf= und abgeht.) Auch seine. Ich mußt' ihr Alles sagen...

Leon.

Und wie nahm sie die Situation auf?

Joſt.

Kalt; großartig kalt.

Leon.

Um ſo beſſer. Gehen Sie jetzt zu den Arbeitern ... und halten Sie die Deputation zurück! (Joſt ab.) Marguerite nimmt die Sache kalt ... das heißt, ſie weiß, Saint-Clair iſt ihr ſicher. Er und ich, wir ſind des großen Erfolgs gewiß und nur der Vater und Chef des Hauſes verharrt in unproduktiver Selbſtquälerei. Ich darf nicht länger zaudern; es gilt unſere Rettung ... und ich frage nichts nach ſeinem Zorn ... (In dem Augenblick, da er die Thür aufreißen will, tritt Delfort aus ſeinem Zimmer. Leon prallt erſchrocken zurück und ruft.) Herrgott! wie ſiehſt Du aus?!

5. Scene.
Leon. Delfort.

Delfort (übernächtig, verſtört, zerknittert).

Gefall ich Dir nicht? Dein Erſchrecken iſt ein Spiegel, der nicht ſchmeichelt.

Leon.

Vater ...

Delfort.

Still! Ehe wir weiter Vater und Sohn zu einander ſagen, muß ich's aus Deinem Munde beſtätigt hören, daß Du mir ſeit Jahren in Worten, Chiffern und Zahlen eitel Blendwerk vorgegaukelt haſt. Haſt Du?

Leon.

Du wirſt nachher ...

Delfort.

Still! Hätt' ich Deinen Chimären und Phantomen nicht geglaubt; hätt' ich mich nicht von Dir überreden laſſen —

genug! Du gestehst ein, daß es ganz allein Deine Schuld ist, wenn ich jetzt die fatale Kündigung nicht überstehe, wenn ich banquerott bin. Ist's Deine Schuld?

Leon (blasirt ruhig).

Wenn Du es partout so nennen willst, daß ich mich unbedingt auf Dich verlassen habe ... Der Sohn auf den Vater notabene.

Delfort.

Ich hätte mir freilich sagen müssen, daß ich ein Vater bin, der sich auf seinen Sohn nicht verlassen kann.

Leon.

Und doch hast Du mir die ganze Verantwortung in Paris überlassen, wo es Dir um Titel, Orden und sonstige Ehren zu thun war. Die Arbeit dort durfte ich thun.

Delfort.

Ja Du hast dort gearbeitet in Rennpferden, Hazard Weibern und Exzessen aller Art...

Leon.

Ist es nicht auffallend, daß ich heute zum erstenmal ein Wort des Tadels darüber von Dir höre?

Delfort (schweigt).

Leon.

Die ganze Welt weiß, wie Du mit uns geprahlt hast — mit mir und Marguerite.

Delfort.

Mit Marguerite, ja! Nenne sie nicht! Wir haben sie jetzt um Alles gebracht, Du und ich —. Es ist wahr; es ist unsre Schuld.

Leon.

Wenn Du ganz gerecht sein willst — blos Deine Schuld.

Die Feindschaft mit der Frau Regine stammt von Dir. Du hast mir's nie gestehen wollen, warum sie uns so haßt ... so intensiv!

Delfort.

Schweig davon! Ich ertrag's nicht. Der Gedanke daran ist das Gift in meinem Blut. O ich habe eine furchtbare Nacht durchlebt; ... ich sah Gestalten aus den Gräbern steigen ... Ich erstarrte. Da kam ein lichter Engel der Versöhnung, er sah aus wie Marguerite und legte mir die Hand auf die Stirne; Friede kam in mein Herz, ich hatte Ruhe. Das war ein kurzer Traum. Die Wirklichkeit grinst mich an, die Schande. Ich werde am Pranger stehen, ich Delfort hier, wo ich mächtig war und ihnen Allen die trotzige Stirn bieten konnte. Hier werden sie mit Fingern auf mich deuten, jedes Auge wird Spott und Hohn auf mich speien. O, daß mir das geschehen muß hier, wo meine Execution ein Freudenfest für Alle sein wird ... und Marguerite, o meine arme Marguerite! (Er stützt das Haupt in die Hände.)

Leon
(bleibt völlig gleich blasirt. Er nimmt sich während der letzten Worte seines Vaters ruhig eine Cigarre aus dem Etui, zündet sie aber noch nicht an, sondern sucht Feuer.)

Sprich Dich ganz aus, behalte nichts auf dem Herzen. Die Nerven müssen austoben. Du bist übernächtig, Papa. Du solltest frühstücken, Dir eine Morgencigarre gönnen.

Delfort.

Mensch! Soll ich vielleicht mit der brennenden Cigarre vor die Arbeiter hintreten, die ich heut noch brodlos mache?!

Leon.

Ich thät's.

Delfort (wüthend).

Du ...! Ah! (Er stößt Leon, der eine Bewegung gemacht hat, wie um ihm eine Cigarre anzubieten, von sich und sinkt auf einen Stuhl, sein Haupt verhüllend.)

Vierter Akt.

Leon (nach einer kleinen Pause).

So, — nun wird das Aergste wohl überstanden sein. Ich denke, Vater, da wir keine rohen Naturmenschen sind, gehen wir jetzt an eine vernünftige Betrachtung unserer Lage. Ich bitte Dich, mich so ruhig, wie es Dir möglich ist, anzuhören. Das Haus Delfort in Colmar ist ein Schiff, das ein unheilbares Leck bekommen hat. Es muß also sinken; in dem Strudel mag die Frau Prinzipalin auf den Grund gehen, wir nicht. Uns winkt ein Rettungsboot; es ist zwar mit den Chimären und Phantomen bemannt, die Du mir vorhin vorgeworfen hast, aber es rettet uns doch. Zu meinen Pariser Chimären und Phantomen gehört nämlich auch Herr von St. Clair. Ich habe mich mit ihm über Alles verständigt. Er heirathet Marguerite.

Delfort (der nach und nach aufmerksam wird).

Jetzt noch?

Leon.

Jetzt erst recht. Glaub' doch nicht, daß unser Sturz uns in Paris Schaden bringt. Ganz im Gegentheil, — er wird zum Tagesereigniß, von dem man überall redet. Du optirst, Vater, — es ist gerade noch Zeit — und läßt mich und St. Clair dafür sorgen, daß diese Option mit der Glorie des Märthrerthums verbrämt wird.

Delfort (bitter).

Optiren heißt auswandern. Das ist jetzt selbstverständlich, wo ich nichts mehr hier besitze. Ich optire, heißt jetzt — ich werde optirt — per Schub.

Leon.

Wozu hätten wir die Zeitungen! Ganze Spalten werden sie bringen; „weil Delfort optirt hat, war der Sturz seines dortigen Hauses unvermeidlich." Das ist Logik, wie sie der Pariser versteht. „An der Spitze seiner unzähligen Arbeiter hat der wackere Delfort willig seine Millionen geopfert, um Frankreich so und so viel tausend rüstige junge Männer, zu=

künftige Sieger zuzuführen." Das ist der Stil, der seine Wirkung nie verfehlt. Das Elsässer Comité wird uns und unsre Arbeiter mit offnen Armen empfangen. Wir werden der Statue am Place de la concorde einen demonstrativen Massenbesuch abstatten. Inzwischen hat Saint-Clair, der zum Parteiführer erster Classe avancirt, einige Koryphäen der Finanzwelt zusammengetrommelt, Zusagen sind schon erfolgt, und eine Elsässer Bank thut sich auf mit Delfort père et fils an der Spitze, — hörst Du, Delfort père et fils? Was sagst Du zu diesem Phönix, der aus der Asche aufsteigt? Und über Jahr und Tag, Papa, sind wir größer, als wir jemals waren, und wenn sich's dann einmal fügt, daß das Elsaß — Du verstehst mich? Dann werden wir zusammen mit der brennenden Cigarre über den alten Rhein fahren und nach der Frau Regine fragen, ob sie noch lebt—he?!
(Delforts Miene hat sich während dieser Schilderung immer mehr aufgeheitert, er hat sogar in Gedanken Tabak aus dem ihm hingeschobenen Etui genommen und dreht sich eine Cigarrette.)

Delfort.

Leon! Wenn's wahr wäre! Mein Sohn! Ah! — (Plötzlich mißtrauisch, wirft die Cigarrette weg.) Ach was! Ich kenne Dich doch... Illusionen!

Leon.

Wirst Du an die Illusionen glauben, wenn Saint-Clair seine Aufwartung macht und um Marguerite's Hand bei Dir anhält?

Delfort.

Saint-Clair, sagst Du? Das wäre ein Beweis. Noch heute?

Leon.

Noch heute Morgen.

Delfort.

Und Marguerite?

Leon.

Ist über Alles aufgeklärt. Sie erwartet Herrn von Saint-Clair.

Vierter Akt.

Delfort.

Thut sie das? Ja, dann ist Alles gut! Was für eine Tochter hab' ich! O, meine Marguerite. Ja, ich kann groß thun mit meinen Kindern! Gieb mir Deine Hand, Leon!— Und nun soll sich hier Niemand rühmen, daß er mich kleinmüthig gesehen habe.

Leon.

Vater, es sind zwei Dinge nur, aber Du mußt sie ohne Aufschub verrichten. Den Heirathscontract mit Saint-Clair vollziehen und die Arbeiter zur Option führen. Der Rest ist — Concurs und Abreise.

Delfort.

Ich will froh sein, wenn Alles gethan ist. Sende mir den Notar; sag' Herrn von Saint-Clair, daß ich ihn erwarte. Ich gehe, die nöthigen Papiere in Ordnung zu bringen ... auf Wiedersehn, mein Sohn und notabene (sich noch einmal umwendend) wenn Du mich wiedersiehst, brauchst Du nicht mehr zu erschrecken ... Ich werde aussehen wie gewöhnlich. (Ab in sein Zimmer.)

Leon.

Au plaisir, papa!

4. Scene

Leon. Jost (tritt rasch ein).

Jost.

Herr Leon?

Leon.

Nun?

Jost.

Die Offiziere sind wieder da; dieselben, die schon ein paar Mal so dringend nach Ihnen gefragt haben!

Leon (für sich).

Die Offiziere —? Den fatalen Handel hatt' ich ganz vergessen. Mit dem verdammten „Bettelpreußen" hab' ich mir das ganze Corps auf den Hals gehetzt.

Jost.

Was sag ich ihnen? Führ' ich sie auf Ihr Zimmer?

Leon (sich ausredend.)

Ich bin außer Stande, sie zu empfangen. Herr von Saint=Clair wird heute noch in meinem Namen mit ihnen verhandeln. (Jost geht achselzuckend ab.)

Leon.

Saint=Clair mag die Herausforderung immer annehmen und das ganze Casino in meinem Namen wiederfordern. Das ist eine brillante Notiz für die Boulevardblätter. Ich kann es getrost darauf ankommen lassen. Denn morgen, wenn das Haus Delfort seine Zahlungen eingestellt hat, werden sich diese Junker nicht mehr mit mir schießen wollen und ich habe meine Affaire Delfort, wie ich sie mir nur wünschen kann. Jetzt schnell zum Notar, zu Saint=Clair — und dann sofort per Expreß nach Paris! Uebermorgen muß mein Name dort in allen Zeitungen und ich selbst auf allen Boulevards zu finden sein. (Ab.)

5. Scene.

(Vom Hof her bringt verworrener Lärm der Arbeiter. Jost wird von einer Deputation derselben durch die Glasthür hereingedrängt.)

Jost. Arbeiter. (Dann) **Mandl** und **Delfort.**

Jost.

Geduld, messieurs! Herr Delfort ist noch nicht sichtbar. Uebrigens, wer von Ihnen soll denn sprechen?

Vierter Akt.

Einige (zu einander).

Sprich Du! Nein, Du!

Verschiedene.

Mandl soll reden!

Einer.

Was, der Altbaier?

Anderer.

Er war ja auch Zuave..

Anderer.

Und red't wie geschmiert.

Jost.

Das scheint der richtige Compromißsprecher für beide Parteien zu sein.. Aber wo ist der Herr Werkführer denn?

Alle (nach dem Hof hinausrufend).

Mandl! Mandl! vor!

(Mandl tritt ein.)

Mandl.

Jesses, wo brennt's denn? Seid's denn ganz rebellisch' word'n?

Jost.

Herr Mandl, wollen Sie für diese braven Leute das Wort führen und dem Herrn Prinzipal die Collectiv-Erklärung abgeben, daß Alle ohne Ausnahme bereit seien, heute mit ihm zu optiren?

Mandl.

Optiren? J? das giebt's nit. Das wär' mir schon zu dumm!

Alle (sehr verwundert).

Was!? Er will nix optir' — der Zuav'?

Mandl.

Herrgott von Mitt'nwald! Wollt Ihr mich fuchtig machen? Ich verbitt' mir's ein für allemal, daß man mir den ci-devant Zuaven vorschmeißt. Die Affenjacke hab' ich längst in's alte Gelump geworfen: ich bin eh' wieder bairisch worden und nachher deutsch — verstandez-vous?!

Mehrere.

A la porte! Fort mit Mandl! Nix Mandl!

Mandl.

Stad' seid Ihr! Wenn Ihr hier raufen wollt, dann macht, daß Ihr außi kommt! Mit dem Herrn Delfort werd' ich schon reden, aber ung'studiert! Herr Prinzipal, werd' ich sagen: wenn's Matthäi am Letzten mit Ihnen is, nachher machen's Reu' und Leid und lohnen uns ab. Ob's selber optiren wollen, das ist Ihne Ihr Sach'. Wir thun halt nit mit. Punctum!

Alle (durcheinander).

Bravo! A bas!

(Delfort ist aus seinem Zimmer getreten.)

Delfort
(tritt rasch unter die Arbeiter, mit Pose).

Messieurs — meine Herren! Ich kenne Euer Begehren. Ich sage Euch nichts als: wir stehen zusammen. Unser Wohl ist unzertrennlich. Das Letzte bin ich jeder Zeit bereit mit Euch zu theilen. Wer mit Delfort geht, für den wird Delfort sorgen. Seid Ihr bereit?

Die Mehrzahl.

Ja, ja!

(Marguerite ist aus der Thüre im Hintergrund getreten; ohne daß sie von Jemand bemerkt wird, hört sie das Folgende. — Mandl war mit einigen Arbeitern bei Seite getreten; hat leise mit ihnen gesprochen.)

Mandl.

Herr Prinzipal.

Vierter Akt.

Delfort.

Was noch, mein Freund?

Mandl.

Wollen's unsre ehrliche Meinung hören auch? (Murren. Delfort winkt Ruhe.)

Delfort.

Immer frei heraus mit der Sprache.

Mandl.

Nu also, wenn Sie wissen wollen —, was wir von Ihrer Optirerei halten — (Mit dem Brustton der Ueberzeugung.) A Sünd' is es nit, aber a Schand!!

Delfort.

Wie kommt Ihr dazu...?

Mandl.

Ich kann mir nit helfen. Sie wissen —, ich bin als junger Bursch auch nach Frankreich ausgewandert, accurat wie Sie; ich hab' mir mein Brod saurer verdienen müssen. Mich haben's unter die Zuaven gesteckt. Das war kein G'spaß. Ich habe gefochten für die grande nation und die Civilisation — oder was? Jetzt hab' ich Weib und Kind und schämen thät' ich mich in mein' Seel hinein, daß ich die zu Ausländern machen sollt! Wenn die wälschen Rheinschnaken da mit Ihnen gehen — fort mit Schaden! Wir bitten um unsre Entlassung. Nix für ungut, Herr Prinzipal! B'hüet Ihne Gott. (Ab mit Einigen.)

Stimmen.

A bas! Pfui!

Delfort.

Laßt sie gehen! Ruhe! Geben wir ein Beispiel der Ordnung und man wird uns bewundern. Ihr könnt auf mich bauen. Macht Euch jetzt bereit und erwartet mich!

Alle.

Hoch Delfort! (Marguerite hat sich wieder zurückgezogen. Die Leute gehen ruhig ab. Saint-Clair ist eingetreten.)

6. Scene.

Delfort. Saint-Clair.

Saint-Clair (mit leichtem französischen Accent).

Bravo! Welch' eine imposante Demonstration! Ich gratulir' von Herzen.

Delfort.

Sie beschämen 'mich. Ich fühle, daß ich zeitlebens Ihr Schuldner sein werde. Wenn ich in diesem Augenblick nicht die richtigen Worte finde, Ihnen meine Freude über diesen Besuch auszudrücken, so bitte ich das auf den Drang der Umstände zu schieben.

Saint-Clair.

O ich bitt', es ganz so mit mir zu halten. Die Situation dispensirt uns von alle' Formalitäten .. Ich sag' daher nur: Wie Sie mich hier sehen, bin ich gekommen ..

Delfort (klingelt).

Ich weiß. Es bedarf keiner Erklärung .. (Zum eintretenden Jean.) Ich lasse meine Tochter bitten, unverweilt hierher zu kommen und Herrn von Saint-Clair Gehör zu schenken.

Saint-Clair (Jean nachrufend).

Ich bitt' um die Ehre .. ich selbst ..

Delfort.

Herr von Saint-Clair, hier haben Sie meine Hand. — Holen Sie sich jetzt das Ja aus Marguerite's eigenem Mund. Das wird Ihnen das Liebste sein. Der Notar ist bestellt ....

und verstehen Sie mich..? In meinem Zimmer hier erwarte ich meine Kinder.. (Ab in sein Zimmer.)

Saint=Clair.

Enfin — am Ziel! Ich werde die schöne Elsässerin im Triumph durch die Pariser Salons führen. Und ich habe sie ohne Mitgift genommen — das giebt mir ein Relief... Hm! Einige Spötter werden sagen: „Seht da den stolzen Saint=Clair, den Schwiegersohn der Elsaß=Bank.. Ah, ich frage nichts danach. Chut! Da kommt sie.

7. Scene.

Saint=Clair. Marguerite.

Saint=Clair.

O — Mademoiselle Marguerite! Dies ist ein Augenblick, der mich zu Ihren Füßen wirft und zugleich erhebt..

Marguerite (kühl gefaßt).

Herr von Saint=Clair.. Sprechen wir uns so einfach wie möglich gegeneinander aus. Sie wollen der Tochter eines — ruinirten Mannes die Ehre anthun..

Saint=Clair.

O nicht so! Sprechen Sie nicht so! Es ist von nichts Anderem die Frage, als daß Sie mir tout simplement de bon coeur sagen: ich...

Marguerite.

Ich bitte — (sie fordert ihn auf, Platz zu nehmen. Er rückt ihr einen Stuhl zu und nimmt dann selbst Platz.) Ehe ich das Wort aus= spreche, das Sie mir soeben abverlangen, müssen wir uns etwas kennen lernen.

Saint=Clair.

Jetzt noch?

Marguerite.

Jetzt erst, wie mir scheint. Nehmen wir einmal an, Sie hätten einen Sohn, — verzeihen Sie, daß ich Ihnen ein paar Jahre andichte —; dieser Sohn, nehmen wir an, liebt ein Mädchen und zwar ein Mädchen in Deutschland —

Saint-Clair.

Pardon — eine Deutsche?

Marguerite.

Sie erstaunen schon. Nein, — keine Deutsche —; die Tochter eines Franzosen, der vor Jahren in die Rheinprovinz gezogen war, um dort sein Glück als Fabrikant zu machen. Das ist ihm gelungen, er wird von Berlin aus mit Auszeichnungen überhäuft... und seine hübsche Tochter, eitel, wie sie ist, läßt sich's gefallen, an der Spree gefeiert zu werden. — Nun bricht der Krieg aus. Setzen wir den Fall, sein Ausgang wäre ein anderer gewesen und der Kaiser der Franzosen hätte die Rheinlande annektirt..

Saint-Clair.

O, Fräulein Marguerite, warum erinnern Sie mich an Träume, die leider nicht in Erfüllung gingen!

Marguerite.

Sie werden gleich sehen, warum. Nehmen Sie an, der Vater des Mädchens, das Ihr Sohn liebt, seiner französischen Geburt ganz uneingedenk, trüge jetzt in Berlin seine deutsche Gesinnung ganz offen zur Schau, ja er ließe seine Tochter bei einem patriotischen Revanchefest die Rolle des trauernden Kindes aus den verlorenen Rheinlanden spielen.

Saint-Clair (unterbrechend).

Pardon, mein Fräulein, Sie muthen mir zu, von einem Franzosen Dinge anzunehmen, die ganz undenkbar sind.

Marguerite.

Ganz undenkbar?

Vierter Akt.

Saint=Clair (sich ereifernd).

Parole d'honneur! Soweit kann sich ein Franzos' nie vergessen.

Marguerite.

Ich glaub' es Ihnen. Aber wenn's doch einmal so wäre; wenn Ihren Sohn die Liebe blind machte, wenn er dennoch die Tochter dieses Vaters liebte und um Ihren Segen bäte . .?

Saint=Clair (hingerissen).

Meinen Segen?! . . . Dem Unwürdigen, der die entartete Tochter eines so Ehrlosen lieben könnte —? Wissen Sie, mein Fräulein, was ich ihm gäbe —? Meinen Fluch! (Sich sammelnd.) Aber dieu merci — so etwas kommt ja gar nicht vor. Verzeihen Sie die Unterbrechung. Ich bin überzeugt, Sie haben mit Ihrer geistreichen Erfindung eine Ueberraschung im Sinne.

Marguerite (steht auf).

Die Ueberraschung, Herr von Saint=Clair, daß Sie sich im Irrthum befinden, wenn Sie glauben, Sie dürfen um meine Hand anhalten.

Saint=Clair (ist auch aufgestanden).

Mein Fräulein, ich bin unglücklich oder ich verstehe Sie nicht.

Marguerite.

Ich muß Sie über Ihren Irrthum aufklären. Sie haben meinen Vater seines Namens wegen für einen Franzosen gehalten. Mein Vater ist von Geburt ein Deutscher. Er hat es in Frankreich vergessen und nicht einmal während des Krieges sich darauf besonnen. — Nennen Sie das, wie Sie wollen. Ich aber, seine „entartete" Tochter, — ich gebrauche Ihren Ausdruck — ich habe in Paris in der Revanchekomödie mitgespielt . . .! Wenn ich Sie recht verstanden habe, so müßte eine deutsche Mutter dem Sohne fluchen, der mich lieben könnte und um ihren

Segen bäte — und mir, mir wollten Sie Ihre Hand an=
bieten?!

Saint=Clair.

Aber, Fräulein Marguerite, das ist ja ganz etwas Anderes.

Marguerite.

Wie? Glauben Sie in der That, mein Herr, daß das
Vaterland etwas Anderes sei bei Franzosen, als bei Deutschen?!

Saint=Clair (nach Worten ringend).

Gewiß nicht, aber ...

Marguerite.

Sagen Sie nichts! Sie haben vorhin als der echte Sohn
einer ritterlichen Nation zu mir gesprochen. Wenn Sie so
von mir scheiden, werd' ich Ihnen zeitlebens ein dankbares
Andenken bewahren. Leben Sie wohl!

Saint=Clair
(ist nicht im Stande, noch etwas vorzubringen; schließlich).

Mademoiselle Marguerite — leben Sie wohl. (Mit ehr=
furchtsvoller Verbeugnng ab.)

(Marguerite hat sich niedergesetzt und das Gesicht mit den Händen verhüllt. Nach
einer kleinen Pause blickt sie auf.)

Marguerite.

Er ist fort. — Wenn es jetzt noch eine Stimme in
meinem Innern gäbe, die mir zuflüsterte: Du hättest Ja
sagen, den Vater retten sollen! dann wäre es besser, nicht
vor ihn hinzutreten. — Denn ich ertrüg's nicht, die Kraft
würde mir versagen. Aber nein, nein! Nicht vor der
Noth, — vor der Schande muß ich uns retten. Gott, der
mich über Nacht sehend gemacht hat, mag mir dazu helfen!

Vierter Akt.

8. Scene.
Marguerite. Delfort.

Delfort (leise seine Thür öffnend.)
Alles so still? Marguerite! (Er tritt ein.)

Marguerite.
Ach! Mein Vater! (Sie hat sich erhoben und fällt ihm um den Hals.)

Delfort.
Du liebes Kind, wie hämmert Dein Herzchen! Fasse Dich, Marguerite. Ich begreife: Es ist Alles so jäh über Dich gekommen. Ja, ja! Auch ich, ich hatte mir Deine Verlobung anders gedacht. — Aber sei getrost; die Hochzeit soll Deiner würdig ausfallen, das versprech' ich Dir. — Sag mir nur, wo ist Herr von Saint=Clair?

Marguerite (tonlos.)
Fort.

Delfort.
Ich verstehe, er sieht nach dem Notar. Recht hat er. Eile ist am Platze und ein nobler Mensch eilt doppelt, wenn er hilft. Richte Dich auf, Marguerite. Wenn Saint=Clair wiederkommt ...

Marguerite.
Er kommt nicht wieder, Vater.

Delfort.
Was redest Du da ..? Saint=Clair, sagst Du, kommt ..

Marguerite.
Nicht wieder.

Delfort.
Um alles in der Welt, Kind, treib jetzt keinen Scherz

mit mir. — Wie siehst Du mich an? Was ging hier vor? Wie ist Saint-Clair von Dir gegangen, frag ich Dich?

Marguerite.
Mit einem Lebewohl für immer.

Delfort.
Mit einem Lebewohl für immer? Was soll mir diese unbegreifliche Antwort? Du verhehlst mir die Wahrheit. Du spielst mit mir ... Du willst gebeten sein ... Sehr zur Unzeit, meine stolze Marguerite. Soll Dein armer Vater, auf den Alles schon hereingebrochen ist, zu guterletzt noch auf die Kniee vor Dir fallen und Dich beschwören: Marguerite, liebe Marguerite, rette mich?!

Marguerite.
Nein, Vater! Ich will auf den Knieen vor Dir liegen und bitten: Rette Dich!

Delfort.
Was ist das? Mir steigt ein Verdacht auf. Wenn Du den großmüthigen Saint-Clair ... doch es ist ja Wahnsinn, nur daran zu denken. Du bist von allem unterrichtet, ich weiß es. In unserer Lage, die Du kennst, Herrn von Saint-Clair abweisen — Marguerite! es hieße die letzte rettende Hand von sich stoßen.

Marguerite.
Ich weiß es und ich hab's gethan.

Delfort.
Was, Du hättest...?!!

Marguerite.
Ich hab's gethan. Wenn Du tausend Zweifel hättest und jeder Zweifel hätte tausend Zungen, mich zu fragen, die eine Antwort hätt' ich nur: ich hab's gethan.

Vierter Akt.

Delfort (furchtbar resignirt).

Nun denn! Marguerite —, so sind wir ruinirt.
(Während Marguerite erschüttert steht, tritt ein Diener ein.)

Jean (übergiebt einen Brief).

Sofort zu bestellen. Ohne Antwort. (Ab.)

Delfort (erbricht den Brief).

Von Saint=Clair? (Liest.) „Ich reise. Vielleicht ist Fräulein Marguerite, die sich in großer Aufregung befand, nach einer Unterredung mit Ihnen anderen Sinnes. In dieser Hoffnung werde ich drei Tage in Paris auf Antwort warten. Ihr Saint=Clair."

Marguerite.

Ich ändere meinen Sinn nicht, Vater, Herr von Saint=Clair und ich, wir sind fertig miteinander.

Delfort (zerknittert das Papier).

Wir aber nicht. Er hat Recht darauf zu rechnen, daß ich mit Dir rede. Nicht mit dem Dämchen rede ich, das sich heute Huldigungen gefallen läßt, wo es morgen schmollt und Körbe austheilt; mit meiner Tochter hab ich wohl noch ein Wort zu reden, ehe sie mich mit kaltem Blut der Schande preisgiebt. Weißt Du was es sagen will — der Schande? Und warum thust Du's?!

Marguerite.

Weil ich nicht anders kann.

Delfort.

Du kannst nicht? Was verbietet Dir?

Marguerite.

Die Ehre!

Delfort.

Die Ehre verbietet Dir, Herrn von Saint=Clair zum

Marguerite.

Mann zu nehmen?! Bist Du toll geworden? Sag' mir doch, welche Ehre?

Marguerite.

Die Ehre, Vater, die Du mich vergessen lehrtest...

Delfort.

Marguerite!!!

Marguerite.

Sei ruhig, Vater! Ich will Dir Alles sagen... Aber setz' Dich und hör' mich ruhig an. (Er setzt sich, sie beugt sich über ihn.) Ich war heute Nacht bei Dir. Du warst wie todt, aber Du schliefst und ich hätte Dich um Alles in der Welt nicht wecken mögen; Du sprachst im Schlaf.

Delfort (weich werdend, staunend).

Du warst bei mir, diese Nacht?! Und ich sprach im Schlaf? Was sagt' ich?

Marguerite.

Ich verstand Dich nicht. Du sprachst von ungesühnter Schuld, von Frau Regine, die Dir nie verzeihen könnte...

Delfort.

Sagt' ich das? — Dumme Phantasien! Was hat das mit Deiner Ehre zu thun?

Marguerite.

Vater, ich liebe.

Delfort (mit steigender Angst).

Du liebst...? Nun... wen liebst Du? Doch nicht...?!

Marguerite (leise).

Erich, Vater.

Delfort (entsetzt).

Erich? Regines Sohn! Ah!

Vierter Akt.

Marguerite.

Nur Dir hab' ich's gestanden; verzeih mir's, Vater, verzeih!

Delfort (tief schmerzlich).

Verzeih'n? Mein Schicksal ist's und Dein's. Frag mich nicht wie ich das meine! Jetzt nicht! Marguerite, Dir ist nicht zu rathen und zu helfen.

Marguerite.

Laß mich's tragen ... mich allein. Seit gestern weiß ich's, daß er mich nicht lieben kann. Ich habe seine Liebe, seine Achtung verwirkt.

Delfort.

Du ... Marguerite?

Marguerite.

Ja damals, als ich die Ehre vergaß ...

Delfort.

Du?! Wann hätte das meine Tochter gethan ...?

Marguerite.

Damals, als sie mit ihrem Vater vergaß, daß es ein Vaterland giebt, dem man Treue bis in den Tod, das Leben, Alles schuldig ist! (Delfort sieht sie starr und groß an, Marguerite fährt fort:) Ja, Vater, wie gestern vor dem stolzen Sohn Deiner unversöhnlichen Feindin die eitle Marguerite dastand, das werd' ich nie vergessen. Aber es ist meine und Deine Schuld, ja Deine, ich kann Dir's nicht ersparen. Heute Nacht, da ich bei Dir war, da ist mir's wie mit Schuppen von den Augen gefallen. Ich sah, indeß Du schliefst, mit Deinen Augen, aber ich fühlte, indeß mein Bruder bei seinen nächtlichen Gelagen schwelgte, mit meinem Herzen unseres Hauses Schande. Nicht vor dem Abgrund schauderte mir, an dem ich uns erblickte, nein vor dem Weg, der uns dahin geführt hat. Ja, Vater, in dieser Nacht hat mir's getagt:

Marguerite.

Nie wär's dahin gekommen, hättest Du nicht die Heimath verleugnet. Das war die erste Lüge. Mit der fing Alles an.

Delfort.
Marguerite, das sagst Du mir!

Marguerite.
Ich muß Dir Alles sagen — Auge in Auge... Jetzt oder nie hab' ich den Muth dazu. Du gabst mir statt des Elternhauses die Pension, statt des eignen Herds den Salon mit Abenteurern, statt der traulichen Heimath den schlüpfrigen Boden von Paris, statt des Vaterlandes die Fremde. War es da ein Wunder, daß ich zu jener Marguerite Delfort entartete, die vor jauchzenden Feinden das Kind aus dem Elsaß spielen konnte?!

Delfort.
Marguerite — halt ein! Soll ich noch hören, daß Du meine Tochter nicht mehr bist?! Du — für die ich einzig gelebt habe!

Marguerite.
Für mich? Ist's auch für mich, daß ich als Opfer an die neue Kette der Lügen geschmiedet werden soll? O ich weiß Alles! Mein Bruder wahrt seine Geheimnisse schlecht. Diese Heirath mit Saint=Clair, die erkauften Zeitungen, die das Lob der patriotischen Elsässerin singen, die Option und was mein Bruder sonst noch ersonnen hat, um den verwöhnten Gaumen der Pariser Welt zu kitzeln — Das Alles wird nur der Anfang von neuen, unerhörten Gaukelspielen sein. Aber er hat die Rechnung ohne seine Schwester gemacht. Sie zerreißt sein Lügengewebe. — Ihr gequältes Herz, ihr erwachtes Gewissen, Vater, fragt Dich: Kennst Du die Ehre jetzt, von der ich sprach?

Delfort.
Kind, Kind, Du reißt an meinem Herzen. O, wenn Du wüßtest, wie's mit der letzten Faser an Dir hängt!

Marguerite.

Ich möcht' Dir's glauben — ach! ich liebe Dich ja zu sehr. Aber wenn es wahr ist, so zeig mir's, zeig mir's jetzt...

Delfort.

Was soll ich thun?

Marguerite.

Nimm Dein Wort zurück!

Delfort.

Welches Wort?

Marguerite.

Das Du den Arbeitern gabst.

Delfort.

Kind, Du weißt nicht, was Du verlangst. Willst Du Deinen alten Vater verspottet und verhöhnt sehen?

Marguerite.

Sie werden Deiner nicht spotten, sie müßten ja ein Herz von Stein haben. Keiner wird den Reuigen verhöhnen, der Alles opfert, um als Mann eine heilige Schuld zu zahlen! Und hast Du denn nicht mich? Bin ich Dir nichts? Die Tage in Glanz und Lüge da draußen haben unsere Herzen einander entfremdet, die Stunden in der Armuth und Wahrheit sie werden uns — Eins beim Andern finden.

Delfort.

Ich hab's versprochen. Hörst Du, sie mahnen schon.
(Man hört Murren. Jost ist eingetreten.)

Jost.

Herr Delfort, die Arbeiter drängen. Es ist die höchste Zeit.

Delfort.

Du siehst — zu spät. — Ich komme.

Marguerite.

Marguerite (plötzlich zu Jost).

Nein! Sagen Sie ihnen, wer gehen will, gehe! Delfort bleibt Deutscher.

Jost (achselzuckend).

Herr Delfort, es ist bitterer Ernst. Es fallen Drohungen, Sie sind nicht sicher mehr in Ihrem eignen Haus. Ihr Leben ist in Gefahr. (Zieht sich etwas zurück.)

Marguerite (Delfort's Hand fassend).

Was schadet's?! Gefahr ist aller Ehre Prüfstein. Vater, laß sie uns bestehn!

Delfort.

Du kennst sie nicht. Laß mich! Mir bleibt keine Wahl mehr ..

Marguerite (ihm in den Weg tretend)

Keine Wahl mehr?! Die letzte bleibt Dir noch: Eine Tochter oder keine!

Delfort (erschüttert).

Das ist Dein Ernst nicht... Marguerite?!

Marguerite.

Wähle!

Delfort.

Nein! Und wenn ich Dich auf diesen Armen über die Vogesen tragen müßte...

Marguerite (gedämpft).

Nicht lebend — ich hab's geschworen.

Jost (wieder eintretend).

Herr Delfort... Sie drängen schon hierher.

Delfort.

Halten Sie die Leute auf... Ich kann nicht, jetzt nicht...

Vierter Akt.

Marguerite.

Jetzt nicht und nie im Leben! Sagen Sie den Rasenden: wir lachen ihrer Drohungen. Sie sind entlassen, Alle, Alle!

Jost (ab).

Delfort (fassungslos).

O, Gott! Mein Leben geb' ich jetzt drum, wenn ich alles ungeschehen machen könnte! Mit jener ersten Untreu fing es an. Wie bitter hab' ich's schon bereut! Marguerite, Dich hab' ich in's Unglück gestürzt! Kind! Was machst Du aus mir?! Ich habe mein Wort gegeben. Sie werden's mir furchtbar abfordern. Kann ich noch zurück?! Soll ich den Hungernden, die Brot verlangen, Steine reichen?

Marguerite.

Ich raffe all' meinen Schmuck zusammen: Perlen, Diamanten, was ich sonst noch besitze. Wirf's mit vollen Händen unter sie. Aber bleib': das rettet uns vom Makel des Verraths!

(Man hört wüstes Lärmen und Pfeifen. Dann Stille.)

Jost (kommt zurück).

Jetzt ziehen sie ohne Sie zur Option. Aber sie haben geschworen, wiederzukommen und Rache zu nehmen. Noch wär's Zeit.

Delfort.

Sie sind zu Allem fähig. Ich kenne sie. Dein Leben ist bedroht, Marguerite! Ich muß mit ihnen gehen...

Marguerite (sehr gedämpft).

Ohne mich?! Wenn Du zurückkommst, findest Du mich nicht mehr.

Delfort (bezwungen).

Marguerite!

Marguerite (Jost abwinkend).

Er bleibt!

Marguerite.

Jost (im Abgehen, bewegt).

Gott schütze sie!

(Delfort wankt, von Marguerite gestützt, auf einen Stuhl.)

Delfort (gebrochen).

Jetzt sind wir Bettler. Nichts, nichts hab' ich Dir mehr zu geben …

Marguerite (an seinem Halse, innig).

Oh! Jetzt hast Du mir gegeben, was reicher macht, als Alles auf der Welt: — das Vaterland!

Gruppe.

(Der Vorhang fällt.)

Fünfter Akt.

(Bei der Frau Bas. Dekoration wie im ersten Akt.)

1. Scene.
Brigitte. Mandl.

Brigitte.
Das ist brav, Herr Mandl, daß Sie auch einmal wieder Nachfrage gehalten haben,

Mandl.
Es vergeht ja kei' Tag, daß mich nit unsre Arbeiter stellen und nach dem Fräulein Marguerite ausfragen.

Brigitte.
Gott sei Dank, jetzt hat's keine Gefahr mehr.

Mandl.
Die Gaudi, wenn ich das den Leuten zu wissen thu'!

Brigitte.
Das Fräulein ist ja ordentlich populär jetzt bei den Herrn ouvriers...

Mandl.

Populär, da können's recht haben. Aber ouvriers, — das giebt's nit mehr. Lauter deutsche Arbeiter jetzt, seit der Herr Erich mit dem alten Herrn Delfort der Fabrik vorsteht.

Brigitte.

Nix für ungut, Herr Mandl. Ich hab' so wie so großen Respekt vor Ihnen. Wenn Sie nicht gewesen wären, wär's damals gewiß letz' 'gangen.

Mandl.

Das wär zu viel' Ehr! Den Ausschlag hat das Fräulein gegeben. Wir wollten fort, wir hatten aufgesagt. Die ouvriers, richtige Mühlhausener Rheinschnaken, die standen schon parat und wollten mit Herrn Delfort zur Option marschiren. Aber er kam nit und kam nit. Sie wurden wild und schickten 'rein: der Chef soll kommen. Auf einmal hieß es: er darf nit, das Fräulein leid's nit! Jetzt aber das Gejohle hätten Sie hören sollen. Ganz rabbiat waren sie schon. Alles kurz und klein schlagen, 's Haus anzünden, uns massacriren — das war's Feldgeschrei. Zuletzt sind's halt alleinig auf's Optionsamt zogen. Herr Delfort und das Fräulein kamen nicht aus dem Hause. Wie's dämmerig wurde, da rückten sie rottenweise wieder an und forderten ihren Lohn. Mir ahnte gleich nichts Gutes, ich sagte: Kinder, jetzt heißt's a Schneid haben! Einer auf die Polizei und Einer auf's Telegraphenbureau und der Frau Regine Alles haarklein telegraphirt! Vor der Hand sind wir auch noch da! 's Erste, was nicht kam, war die Polizei, der Krawall ging los und wie sich's herausstellte, daß der Musjöh Leon mit der Kasse ausgekratzt war, da war's rein aus. Es dauert' nit lang, da lohte das helle Feuer an allen vier Ecken zum Dach heraus. Jetzt kam die Schutzmannschaft, aber der Herr Erich und sein Freund waren auch schon da. Ich seh's noch, wie der Lieutenant mit dem blanken Säbel ein Schloß absprengte, der Herr Erich in's Haus stürmte und

Fünfter Akt.

nachher das Fräulein Marguerite für todt heraustrug! Bums! da krachte auch der ganze Kasten hinter ihm zusammen!

Brigitte.

An die sechs Wochen sind das schon und die ganze Zeit ist's Fräulein fast ohne Besinnung gelegen. Aber seit gestern ist sie wie neu geboren und heut soll sie schon ein bissel an die Luft.

Mandl.

Das wenn i mit anschauen dürft!

Brigitte.

Da kommt der Herr Lieutenant. Ei das muß ich doch gleich Gretchen melden. Die wartet ja schon mit Schmerzen auf ihn. Adieu, Herr Mandl! (Ab.)

2. Scene.

Mandl. (Dann) Hans.

Mandl.

Der Mensch is ein g'spaßiges Geschöpf! Mich geht doch die ganze G'schicht gar nix an, aber g'freuen thät's mi schon wie ein Schneehuhn, wenn der Herr Erich aus seiner goldenen Rettungsmedaille sich thät zwei kleine Ringel machen lassen, eins an sein Verlobungsfinger und 's andere an ein ganz kleines zartes Fingerl von — i woaß schon wem.

(Hans tritt ein. Mandl grüßt militärisch.)

Hans.

Guten Tag, Mandl!

Mandl (in Achtung).

Zu Befehl, Herr Lieutenant!

Hans.

Halten sich ja stramm. Haben gedient, Mandl?

Mandl.

So zu sagen, Herr Lieutenant.

Hans.

Wo standen Sie denn?

Mandl.

Bei den Zuaven — mit Respekt zu sagen.

Hans.

Ach so, ich weiß ja. Schad't nichts. Sind doch ein braver Kamerad, Mandl, und ein anschlägiger Kopf...

Mandl.

Das muß schon sein: wenn ich a Treppe n'unter falle, da verfehl' ich gewiß kei' Stufen nit.

Hans.

Na, wenn's wieder einmal losgeht, da melden Sie sich nur bei meiner Schwadron. Jetzt aber... lieber Mandl...

Mandl.

Verstehe... kann abkommen... Zu Befehl, Herr Lieutenant! (Ab. Macht im Abgehen noch militärisch Front vor Gretchen, die aus der Wohnung kommt, und sagt vor sich:) Augen links!

3. Scene.

Hans. Gretchen.

Gretchen.

Hans, Hans! Er ist angekommen!

Hans.

Wetterhexchen! Der Vormund?

Gretchen.

Nein, aber sein Brief.

Fünfter Akt.

Hans.
Er willigt ein?

Gretchen (mit verstellter Traurigkeit).
Unter einer Bedingung. Ach, Hans, ich glaube, die kann ich nicht erfüllen!

Hans.
Mach' mir nicht Angst, Gretchen! Was kann der alte Troupier verlangen — sprich?

Gretchen (giebt ihm einen Brief).
Da lies selbst...

Hans (den Brief entfaltend).
Den soll doch gleich...! (Liest.) „Verehrte ungerathene Mündel! Dein Brief war ein Stich in's Herz des Soldaten, den Gott im Zorn zu Deinem Vormund gemacht hat. Du liebst — die Tinte erröthet — einen deutschen Reiteroffizier. Zum Glück ist es kein Ulane. Das wäre mein Tod gewesen. Du liebst ihn, Du schwörst bei Allem was Dir heilig ist, Du wolltest lieber sterben, als ohne ihn leben." (Läßt den Brief sinken, spricht.) Ach, Gretchen!

Gretchen (launig).
Weiter, weiter. Das sind so Redensarten!

Hans (liest weiter).
„Ich soll Ja dazu sagen. Ich bin Soldat, aber ich bin auch Mensch. Ich will nicht Schuld an Deinem Tod sein. Ein paar gute Menschen wird's ja unter den Prüssiens schließlich auch geben, vielleicht hast Du Glück. Also probir's meinetwegen mit dem Deinigen! Ich willige ein, aber nur unter der Bedingung, daß Du ihn so schlecht behandelst, wie nur ein Weib einen Mann behandeln kann. Dann verzeiht Dir und grüßt..." (Ruft entzückt.) Gretchen, das ist ja ein Ehrenmann... er soll leben, hurrah!

Gretchen.

Du kennst die Bedingung ... Ich bin daran gebunden ... Willst Du's noch mit mir wagen?

Hans.

Allemal! Ich will dem Herrn Oberst an jedem Neujahr eine Quittung über richtig empfangene Behandlung ausstellen.

Gretchen.

Das sollst Du mit gutem Gewissen thun können — böser Mensch!

Hans.

Küsse mich —, dann quittire ich für's erste Jahr praenumerando.

Gretchen.

Jetzt nicht, da kommt Erich aus der Stadt ...

Hans.

Immer, wenn wir gerade beim Küssen sind ...

4. Scene.

Vorige. Erich.

Erich.

Grüß Gott, Ihr Lieben! — Sag', wie geht's Marguerite heute?

Gretchen.

Deine Mutter macht ihr just ein Lager auf dem Rollstuhl zurecht. Der Doctor hat gesagt: An die Luft mit unserer schönen Patientin! sie braucht jetzt nur noch Sauerstoff.

Hans (leise zu Erich).

Ich wüßte 'was Besseres.

Fünfter Akt.

Gretchen.

Nein, Erich, wie Deine Mutter jetzt lieb mit Marguerite ist! — Du glaubst's nicht.

Erich.

Das muthige Auftreten des Mädchens, in dem das deutsche Herz plötzlich so wunderbar zum Durchbruch kam, hat sie tief gerührt und umgestimmt. Aber ist nicht die ganze Stadt ihres Lobes voll? Sie hat sich alle Sympathieen im Sturm erobert. Ihr zu lieb verzeiht man auch dem Vater Delfort, — um so mehr, da es sich herausgestellt hat, wie sehr ihn sein flüchtig gewordener Sohn beschwindelt hat. Es wird mir unter diesen Umständen leicht, die Verhältnisse leidlich zu ordnen. Marguerite hat in Wahrheit ihren Vater, auf den sie so stolz war, gerettet und ihn wieder zu unserm Landsmann gemacht, der sich jetzt redliche Mühe giebt, seine Vergangenheit vergessen zu machen.

Hans.

Erich, gieb' Acht, nun wird's doch noch so kommen, wie ich gesagt habe.

Erich.

Nein, Hans. Ich will mein Herz nicht mit falschen Hoffnungen wiegen. Marguerite liebt mich nicht und die Hand, die sie mir jetzt vielleicht aus Dankbarkeit reichen würde —, die verschmähe ich.

Hans.

Warum soll sie Dich denn aber nicht lieben?

Erich.

Sag' eher, warum sollte sie mich lieben! Mich, der ihr so schneidend weh gethan! Aber ich konnte damals nicht anders; es war ja nur ein Schmerzensschrei meiner Liebe, den ich ihr in's Gesicht schleuderte. Hätte mich der Zorn, die Eifersucht nicht hingerissen, so hätt' ich ruhig zu ihr gesprochen: Marguerite sag', ich hab' Unrecht gethan! und ich will Dich lieben mit einer Liebe, die allen Haß der Welt hinwegschwemmt.

Hans.

Und das kannst Du ihr jetzt nicht sagen?

Erich.

Nein, Hans. Jetzt müßte sie mir's sagen, aus vollem freiem Herzen sagen. Und dazu wird's nicht kommen. Marguerite wird gesunden und zu ihrem Vater zurückkehren. Damit aber sind wir wieder getrennt. Denn was ich auch bis jetzt versucht habe — in dem einen Punkt hat meine Mutter ein Herz von Eisen — mit dem alten Delfort kann ich sie nicht aussöhnen. In den Stunden, da sie um Marguerite war, durfte er nicht einmal an ihr Krankenlager kommen. Heute versuch' ich das Letzte; Delfort ist in der Nähe, ich hab' ihn mitgebracht. Marguerite wird nach ihrem Vater fragen, ich bring' ihn ihr. Schmilzt dann das Eis nicht um das unversöhnliche Herz meiner Mutter, dann hab' ich das Meinige gethan, ich bin hier überflüssig, ich gehe wieder in die weite Welt.

Hans.

Nein, sag' ich.

Gretchen.

Erich!

Erich,

Macht mir's nicht schwerer als es ist — und laßt mich erst in Ruhe meinen Plan ausführen. Kommt!

(Alle drei nach der Seite ab.)

5. Scene.

Regine. Marguerite.

Brigitte
(rollt den Lehnstuhl heraus und nach vorn. Dann ab).

Fünfter Akt.

Marguerite
(tritt dann auf Regine gestützt auf und thut einige Schritte vorwärts).

O, wie wohl ist mir auf einmal, wie leicht! Lassen Sie uns ganz in den Garten hinunter!

Regine.

Nein, liebes Kind, das wäre weit über Deine Kräfte. Setz' Dich lieber hier nieder.

Marguerite.

Nur noch die paar Schritte! So — Jetzt sehe ich die fernen Thürme, das Rheinthal, meine lieben Berge. O was für ein Balsam ist die Luft und das wogende Licht. Wie glänzt der Fluß dort unten. O es ist Alles noch so schön wie damals.

Regine (leise).

Sie regt sich auf. (Laut.) So, nun setze Dich aber. Du mußt Dir gleich beim ersten Mal nicht zu viel zumuthen. Ich bin schon froh, daß es das hergiebt. Komm! (Sie führt Marguerite zum Stuhl.)

Marguerite (sich setzend).

Jetzt fühl' ich doch wieder, daß ich lebe. Ich war wie todt, nicht wahr? Aber ich habe doch gelebt, ein ganz eigenes Leben, weit, weit drinnen in mir selbst ... Dann sah ich Euch mit einmal wieder, dann fühlt' ich diese liebe kühle Hand auf der brennenden Stirn — und hörte meinen Vater sprechen? Er ist doch wohl auf? Sagten Sie mir's nicht? Er ist in Colmar und die Menschen sind freundlich mit ihm? Niemand verachtet ihn, Niemand haßt ihn mehr?!

Regine (sitzt neben ihr nieder).

Niemand, Niemand, mein Kind. Marguerite, reg' Dich jetzt nicht auf durch Erinnerungen. Laß keinen bitteren Tropfen in die Schale fallen, aus der Du jetzt Genesung trinken sollst. Nur einen Tag Geduld, noch etwas stärker und Du sollst Deinen Vater sehen. Erich arbeitet den ganzen Tag über mit ihm, sie haben vollauf zu thun, damit bald Alles wieder seinen gewohnten Gang geht und Erich, das wollt' ich Dir sagen, bringt Deinen Vater mit aus der Stadt. Aber sag', Marguerite, liegst Du nicht so recht unbequem? Lege Dich doch lieber...

Marguerite.

Bitte nein — so will ich liegen. (Sie hat ihren Kopf vollständig in Frau Reginens Schooß gelegt.) So ist es schön. So kann ich in Ihre lieben Augen und darüber in den Himmel zugleich sehen. Und so liegt sich's gut. Das ist ein Geschenk des Himmels, daß mein Haupt in diesem Schooß ruht — Wie ich das empfinde! Sie hassen mich nicht mehr; es giebt Niemand, der der Marguerite noch Böses nachsagt oder sie verachtet... und eine Mutter brauchte ihrem Sohn nicht mehr zu fluchen, der mich liebte...

Regine.

Marguerite, das hast Du Alles nur geträumt. Jetzt bist Du erwacht und soweit Du um Dich siehst...

Marguerite.

O nein, ich weiß es noch zu gut — das war ein böser Tag... Hier ist der Ort, ich höre noch seine Stimme. Der Hohn schliff sie zum vergifteten Messer. Ich hörte diese Stimme die ganze Nacht, bis in des Aufruhrs Getöse, durch das Prasseln der Flammen... Sag' mir: Erich — hab' ich's geträumt oder ist es wahr — Erich kam...?

Regine.

Er kam gerade zur rechten Zeit und holte Dich aus dem brennenden Haus heraus.

Marguerite (träumerisch, visionär vor sich hin).

Er wagte sein Leben für mich — aus Trotz. Wenn Gott, der die Trotzigen straft, es anders lenkte, wenn das einstürzende Dach uns Beide begrub, da wären unsre Seelen vereint zum Himmel gefahren, zwei Flammen, wie eine

Fünfter Akt.

leuchtend, ihr Licht dem unendlichen Licht über uns zu ewigen Wonnen verbindend. O das wär' viel, viel schöner gewesen, als wieder zum Leben erwachen und weiter leben... ohne ihn. (Sie wird immer leiser wie im Traum.) Nun darf ich ihm nicht sagen: ich hab' Dich immer lieb gehabt.. ich hab' mich selbst verloren und Dich mit mir, aber nur auf kurze Zeit, dann suchte ich' und hab' mich wieder gefunden! Aber Dich — Dich nicht mehr! Du bleibst für mich verloren! Du hättest mich sterben lassen sollen... Deine unglückliche Marguerite, Dein armes ungeliebtes Gretchen!

Regine (bei Seite).

Sie liebt Erich; liebt ihn mit der vollen Weihe einer geläuterten Seele. (Schmerzlich.) O Marguerite, warum mußt Du das Kind Delfort's sein!

Marguerite (auffahrend).

Was war das? Was sagtest Du?

Regine.

Sei ruhig, Kind... Wir sprachen... von Gretchen...

Marguerite.

Was ist mit Gretchen?

Regine.

Sie ist überglücklich. Ein Brief ihres Vormund's ist gekommen. Wir feiern heute noch ihre Verlobung mit...

Marguerite (auffahrend).

Verlobung!! (Verwirrt.) Ja, ja —, ich wußt' es ja. Was wundre ich mich denn. Sag ihr, ich wünsch' ihr Glück von ganzem Herzen. Aber laßt mich nichts hören und sehen davon... Es greift mich an. Mir wird schwarz vor den Augen... Schlafen, schlafen — (sie läßt das Haupt in Regine's Schooß zurück sinken.) — nicht wecken, nicht mehr wecken... gut' Nacht! (Der Schlaf übermannt sie plötzlich.)

Regine.

Was ist das...? Gott sei Dank —: sie schläft.

(Erich tritt leise ein, Delfort wird hinter ihm sichtbar.)

6. Scene.

Vorige. Erich. (Dann) Delfort.

Erich.

Mutter!

Regine.

Pst! Wecke sie nicht auf, jetzt nicht, um — Gotteswillen nicht. Die Luft hat sie so angegriffen, die Erinnerung und — frag' mich nicht!.. Geh' lieber jetzt;... gönne dem lieben, armen Wesen diesen Schlaf..

Erich.

Aber sie wird erwachen, Mutter. Ihr erster Blick wird, wie immer nach dem Vater fragen. Laß ihr Auge diesmal nicht umsonst suchen.. (er winkt Delfort heran). Sieh hier.

Regine.

Erich, was thust Du mir!" Ich sitze hier wie festgenagelt, ich darf kein Glied rühren. Willst Du mich zwingen —?

Erich.

Zwing Dein Herz! Zwing's mir zu lieb! Es soll das Letzte sein, warum ich Dich bitte. Ich bring Dir einen gebrochenen Mann, Dein Auge wird ihn kaum mehr erkennen, so haben Schmerz und Reue ihn verwandelt.. Du kannst mir's glauben, seine gefolterte Seele schreit nach Vergebung. Sei edel, Mutter, gütig, sei versönlich! Sieh, mehr als ich bittet der schlafende Engel in Deinem Schooß, er hat's um ihn verdient, daß ihm Friede und Versöhnung werde. (Er führt Delfort heran.)

Fünfter Akt.

Delfort (ergriffen).

Mein Kind? Ich sehe mein Kind schlafend in ihrem Schooß. (Er stürzt Regine, die sich abwendet, zu Füßen und faßt ihre Hand.) Regine..! Schwester meiner Gertrud, kannst Du verzeihen?!

Regine (schmerzlich bebend).

Gertrud! — Ihr Schatten steht zwischen uns. — Ich kann nicht.

Erich.

Mutter!

Delfort.

Vergebung, Regine, Erbarmen!

Regine (wie oben).

Ich seh' den sterbenden Vater.. Fort! Ich kann nicht.

Delfort.

Regine, glaub' an meine Reue und daß ich's tausendfach abgebüßt habe! O gönne mir nur einen Blick! Du willst nicht zu mir sprechen, so neige stumm der Versöhnung Himmelsfrucht nur näher meiner ausgestreckten Hand! Nur einen leisen Druck der Finger! Sei nicht härter, als das fühllose Schicksal gegen mich war. Glaub' mir's, ich habe Höllenqualen der Reue ausgestanden. Regine, — wenn ich jetzt lüge, so mag der Todesengel richten. Er kann in diesem Kind mein Leben zehnmal, hundertmal mir nehmen: Bin ich nicht würdig Deiner Vergebung, so sei das Härteste über mich verhängt und Marguerite ...

Marguerite (erwachend).

Wer ruft mir —? Vater.. Du? Du bist's!

Delfort.

Marguerite!

Marguerite (hat sich halb aufgerichtet).

Du bist's, ich halte Dich. Ich fasse Deine Hand... (zu

Marguerite.

Erich
(hat Marguerite beobachtet. Während die Andern ergriffen und erstaunt stehen, springt er auf Marguerite zu, faßt sie mit den Armen auf und ruft:)
Du liebst, Du liebst mich, Marguerite! So wahr ein Gott im Himmel lebt! Sag: liebst Du mich.?

Marguerite (an seinem Halse, innig).
Ja, ja!

Erich.
Und willst meine Marguerite...?

Marguerite.
... Dein Gretchen sein bis in den Tod! (Alle stehen gerührt. Man sieht Mandl im Hintergrund vor Freude in die Höhe springen, während er ruft:) Wie ein Schneehuhn!)

(Der Vorhang fällt.)

Druck von G. Pätz in Naumburg a. S.